좀 재미있게
살아볼까

장용범 지음

BOOKK

좀 재미있게 살아볼까

발행	2022년 08월 12일
저자	부크크
펴낸이	장용범
펴낸곳	주식회사 부크크
출판사등록	2014. 07. 15(제2014-16호)
주소	서울 금천구 가산디지털1로 119 SK트윈테크타워 A동 305
전화	1670-8316
E-mai	info@bookk.co.kr
ISBN	979-11-372-9108-9

www.bookk.co.kr

좀 재미있게
살아볼까

장용범 지음

BOOKK✐

차례

프롤로그

Chapter 1. 혼자서 노는 재미

시간 여행자가 되는 법   013

어느 토요일의 메시지   016

움직이니까 운이다   019

내가 끌리는 두 작가   022

내 감정은 내가 선택한다   025

호미곶 바다와의 대화   029

생각보다 가까이 있다   033

꽤나 재미나게 산다   035

준비만 하다 가는 인생   038

그러라 그래   041

바다가 좋은 마음   044

잘 나고 싶은 마음   047

정의도 변하는가?   050

무언가는 하며 산다   052

인생 모토가 달라지다   055

일이 아니라 놀이였다   058

비 오는 날의 책 읽기   060

이러고 놀 수도 있다   063

Chapter 2. 너와 함께 하는 재미

나의 관심은 변해간다   067

과거를 변화시키는 법   070

내 속엔 내가 너무도 많아   073

사는 데는 이유가 없다   076

네가 선택하고 책임도 져라   079

오늘은 가장 젊은 날   083

경주 가는 길에   086

한 학기를 마치면서   089

길이 있는 곳에 뜻이 있다   092

나이는 숫자에 불과하다   095

지금 사는 곳이 좋은 곳   097

꽃을 보듯 너를 본다   100

당신은 언젠가 짤린다   103

어느 출판업자 이야기   106

다시 어린 싹이 되었다   108

시간낭비 같은 일들   111

가을에 하고 싶은 기도   114

Chapter 3. 직장에서 노는 재미

일어날 일은 일어난다   119

술이나 한 잔 해라   122

제안 정도는 할 수 있겠지   125

돈을 다루는 방법   127

일의 두 가지 기쁨   130

감사할 일이 참 많다   134

애자일 조직을 만들며   137

예술과 노동의 차이   140

나의 외국어 학습 흑역사   142

살아남는다는 것   145

Wishlist 작성하기   148

답은 사지선다 밖에 있다   151

내력과 외력을 보다   154

도박판의 승률을 높이려면   157

느슨한 만남들이 좋다.   160

스트레스의 근원   162

모듈로 관리하는 인생   164

이상적인 조직형태   166

도장을 가지고 있다   169

가고 오는 사람들   172

오랜만에 크게 화를 내다   175

Chapter 4. 세상을 보는 재미

미래의 일하는 방식	179
이슬람 히잡을 쓴 한국인	182
이 사람을 보는 마음	185
자유의지는 없다	188
참 간단한 세상의 이치	191
구분 되다	194
메타버스와 NFT	197
경제 삼투막을 떠올리다	200
한일관계가 잘 풀리길	203
양궁 단체전을 보고서	205
퇴근길에서 밀려나다	208
집수리 학교에 가다	211
감사할 일이 참 많다	214
에너지는 발전의 씨앗	217
동작그만의 효과	219
'크라스키노 포럼'을 소개함	221
감동할 수 있는 능력	223
코로나가 더 지속된다면	226
내가 원했던 게 케잌일까?	230

프롤로그

나는 운이 참 좋다. 우선 건강하게 태어났고 586세대인 내가 태어날 즈음의 사정은 적어도 보릿고개는 넘긴 시기였다. 베이비붐 세대의 끝자락이다 보니 고생을 많이 한 것도 아니었다. 부모님 세대는 해방을 맞은 후 한국전쟁, 4.19혁명, 5.16 쿠데타 등 현대사의 굵직한 사건들을 많이 겪으셨지만 나는 그런 일이 다 지난 후 태어났기에 나름 잘 먹고 잘 살아 온 세대이다. 그리고 성향상 지극히 체제순응적이어서 학교나 집에서 시키는 대로 하고 살아 늘 말 잘 듣고 착한 아이라는 수식어가 붙어 다녔다. 하지만 어릴 때부터 한 가지만은 꼭 하고 싶었는데 바로 부모로부터의 독립이었다. 이상하게도 중고등학교 시절부터 부모님에게 돈 달라고 하는 게 정말 싫었다. 부모님을 생각하는 효자라서 그런 게 아니다. 집이 가게를 했던 탓에 초등학교 시절, 굴러다니는 돈에 손을 대다 어머님에게 된통 혼난 게 원인일 수도 있다. 그 후 돈이란 실체가 참 크게 보였는지도 모르겠다. 여하튼 그렇게 바라던 나의 경제적 독립은 아이러니하게도 군 입대와 함께 찾아왔다. ROTC 장교로 입대한 나는 첫 달 월급을 받은 뿌듯함을 잊지 못한다. 마치 통장에 찍힌 그 숫자는 나의 독립선언서 같았다. 전역 후에는 지금의 회사에 입사해 정말 무난하게 30년을 보내었다. 나는 시대적 사명이나 정치의 식이 높은 사람이 아니다. 학창시절은 ROTC 후보생 신분이라 흔히 말하는 민주화 운동과는 거리가 먼 사람이었는데 당시 별다른 문제의식도 없었다. 또한 민주화를 외치는 급우들의 독선도 많이 본 터라 그들의 주장을 그리 신뢰하지도 않았다. 그렇다고 보수라는 사람들의 꽉 막힌 사고에는 답답함을 느끼고 있었다. 결국 세상은 자기 스스로 인생의 주인이 되어 홀로서야 한다는 개인독립의 가치를 더 믿었다. 나는 독립을 세 가지로 규정한다. 신체적 독립, 정신적 독립, 경제적 독립이다. 이 중 경제적 독립이 제일 어렵다고 본다. 신체적 독립이야 청소년기만 지나면 어른의 몸으로 바뀌는 것 같고, 정신적 독립은 많은 사유와 대화, 책 읽기를 통해서 혼자서도 가능한 활동이지만 경제적 독립은 남의 호주머니에서 돈을 꺼내와야 하는 상대가 있는 현실의 일 이어서다. 그런 내가 30년 넘게 한 직장에 근무할 수 있었고 마지막 정년까지 왔다는 건 독립의 차원에서 정말 행운이라고 밖에 할 말이 없다. 그런데 그렇게 안정적이라면 아무런 걱정이 없어야 하는데 불쑥불쑥 튀어나오는 자유에 대한 동경은 어쩔 수 없었나 보다. 그 심정을 표현하자면 회사로부터 돈은 매월 받고 싶지만 회사는 나가기 싫다는 이중적 마음이었다. 좋은 방법이 없을까 찾던 끝에 회사에서 찾아낸 업무가 보험영업관리였다. 은행에 10년 정도 근무하며 느꼈던 답답함은 이후 선택한 보험영업관리를 통해 많이 해소되었다. 물론 조건은 있다. 영업이 잘 되었을 때의 이야기다. 나는 운 좋게도 마음 맞는 영업사원들과 좋은 성과를 내었고 두둑한 운영비와 국내외 포상여행, 각종 호텔 행사에 참여

하는 등 정말 화려한 직장생활을 보내었다. 게다가 회사서 보내는 시간도 무척 자유로웠는데 영업관련 업무는 사무실에 붙어 있는 것 보다는 출장과 외출이 많아 나의 돌아다니는 기질과 잘 맞았다. 그게 거의 20년이다. 그렇게 이 직장을 마무리하려나 했는데 뜻밖의 코로나가 찾아왔다. 어렵사리 구축했던 영업조직은 거의 전멸하다시피 했고 나의 영업성과는 보기 민망할 정도가 되었다. 보다 못한 대표님의 배려(?)로 후선 발령을 받아 힘든 나날을 보내고 있는데 어느 날 그런 생각이 들었다. '회사는 나에게 무엇인가? 직장생활의 남은 2년을 어떻게 보내야 할까?' 그때까지는 깊게 생각하지 못했던 질문이었다. 그리고 든든한 자기방어막을 하나 장만했다. 회사는 나의 노동시간을 팔아 돈을 받는 곳으로 정의했다. 그리고 남은 2년의 기간은 그간 내가 다녔던 회사를 퇴사하고 계약직 취업을 위해 검토하던 여러 회사 중 가장 조건이 좋았던 곳이라고 정했다. 마음을 이리 내니 회사에 대한 고마운 마음이 올라왔다. 돈 이외의 어떠한 기대도 없어진 것이다. 그게 사람을 그리도 마음 편하게 할 줄 몰랐다. 그리고 회사의 일이 아닌 나의 일을 찾기 시작했다. 그렇게 찾은 카테고리가 글쓰기, 책 읽기, 여행하기, 유라시아 대륙이다. 우리에겐 하나의 문이 닫히면 다른 문이 열리는 법이다. 닫힌 문만 바라보고 있다가는 다른 문을 보지 못하는 우(愚)를 범하게 된다. 지금 내는 이 글은 그 다른 문을 바라보는 나의 시선이다. 매일 한 편의 글을 블로그에 올리기로 하고 1,000일이 넘는 기록을 이어갔던 결과물이다. 대단한 글들은 아니다. 하지만 한번쯤 정리는 하고 싶었다. 중년의 나이가 되어 좋은 점 가운데 '꼭 남의 인정을 구하지 않는다'는 것과 '돈이 안되어도 하고 싶으면 할 수 있다'는 것이 있다. 이 책은 그런 가벼운 마음으로 내는 책이다. 혹시 나와 같은 마음의 사람이라면 반가운 일이다. 아니어도 할 수 없다. 하지만 앞으로도 나는 재미있게 살 것이다. 언젠가는 내 몸이 병에 걸릴 수도 있고 치매로 정신이 혼미해질 수도 있을 것이다. 생각보다 인생은 길지 않아 미루기엔 아까운 시간들 같다. 그렇지 아니한가?

끝으로 감사한 마음을 전해야겠다. 집을 나설 때마다 엘리베이터 앞까지 배웅해주는 아내와 딸들에게, 지난 30년의 기간 동안 든든한 울타리가 되어 준 나의 직장과 동료들에게 그리고 부족한 글을 1,000일 넘게 받아주신 지인들과 동아리 회원들에게 진심 어린 감사의 인사를 드린다.

Chapter 1.

혼자서 노는 재미

시간 여행자가 되는 법

아무런 이유 없이 하루의 휴가를 가졌다. 그냥 좀 쉬고 싶어서다. 하지만 여느 때처럼 출근 시간에 맞춰 집을 나섰다. 남들 출근하는 시간에 반바지 차림으로 버스를 타고 평소 내가 내리는 정류소를 일부러 지나쳐 내려 보았다. 목적지가 뚜렷한 출근하는 사람들 속에 나의 걸음걸이는 느릿느릿 여유를 부린다. 이런 게 자유지 특별한 게 있으려나. 갓 구운 빵 냄새에 이끌려 어느 베이커리 안으로 들어갔다. 한동안 서울 도심 속에 공사가 중단된 채 방치되어 있다가 최근에 완공이 된 건물이었다. 깔끔한 실내가 마음에 든다. 아메리카노 한 잔을 시켜두고 출근길 사람들을 구경한다. 도시의 일상적인 흐름에서 한 발짝 떨어져 다른 사람들의 일상을 훔쳐보는 것도 흥미로운 일이다. 일반 직장인들이 주중에는 할 수 없는 다른 재밋거리를 찾다가 오전에 영화관 가기를 떠올렸다. 마침 근처에 독립영화관이 있어 티켓을 구입하러 가 보았다. 주중 오전에 영화관 오는 사람들이 있으려나 했는데 역시나 없다. 매표소의 직원이 딴짓을 하다가 표를 달라는 내 소리에 흠칫 놀란다. 영화를 하나 고른다. "트립 투 그리스"라는 두 남자가 터키에서 출발해 그리스 일대를 돌아다니는 기행문 같은 영화였다. 객석에 들어서니 한 남자가 앉아있다. 둘이서 보려나 했는데 영화가 시작할 즈음 한 무리의 중년 여성들이 들어왔다. 오랜만에 만나 오전 영화를 보러 온 건지 왁자지껄 하더니 영화가 시작되자 이내 조용해 진다. 영화를 끝까지 보지 않고 조금 일찍 나왔다. 시간차를 두고 나오니 역시 조용한 가운데 영화관을 벗어날 수 있었다.

시간과 공간을 합쳐 시공간이라 한다. 3차원의 세계에 살고 있는 인간은 이 시공간의 제약을 벗어나지 못한다. 그 때 그 자리에 있었다는 것은 한 사람의 존재가 그를 둘러싼 유일한 시공간 속에 있었다는 의미이다. 이는 그 시간에 다른 곳에는 있을 수 없다는 것이기도 하다. 가끔 이 시간과 공간을 약간 비틀어 볼 때가 있다. 그렇다고 내가 타임머신을 타고 시간여행을 떠나는 것은 아니지만 비슷한 효과를 느낄 수는 있다. 남들이 생각하는 일반적인 여행 외에 나는 시간여행을 가끔 하는 셈이다. 방법은 아주 간단하다. 시간과 공간을 엇갈리게 하는 것이다. 이를테면 이렇다. 주중에 출근하는 회사를 주말에 가 본다. 같은 공간이지만 전혀 다른 느낌이 든다. 전화소리에 직원들이 바삐 왔다 갔다 하던 사무실엔 그저 조용한 적막감이 느껴질 뿐이다. 자리에 앉아 그런 분위기를 느껴보는 것도 재미있다. 주중에는 하지 못할 호사도 누리는데 음악을 스피커로 들으며 느긋한 휴식을 취하기도 한다. 이는 같은 공간을 시간대를 달리해 느껴보는 시간여행 방식이다. 그리고 같은 시간대에 다른 공간을 느껴보는 방법도 있다. 대부분의 여행이 이 범주에 속하지만 나는 좀 색다른 시간여행을 제안한다. 멀리 떠날 것도 없다. 이번처럼 하루 휴가를 내고는 평상시처럼 출근 시간대에 집을 나온다. 다만 회사로 바로 가지 않고 근처 카페에 자리잡아 출근하는 직장 동료들을 구경한다. 오전 근무가 시작될 즈음 남들 회사에 있을 때 근처 영화관이나 미술관에 가기도 하는데 이게 은근히 재미를 준다.

대서를 지나며 무더위가 쉽게 수그러들지 않는다. 여름에는 산이며 바다를 찾아 멀리 가는 것도 방법이지만 지금 같은 코로나 상황에서는 내가 있는 곳에서 시간과 공간을 엇갈리게 배치한 여행을 떠나보는 것도 괜찮은 방법이다. 전혀 다른 느낌이 들 것이다. 예전에 타임머신이라는 영화를 본 적이 있다. 주인공이 타임머신에 올라 작동을 하니 기계는 그 자리에 가만 있는데 주위 배경이 시간을 거슬러 옛날로 가기도 하고 미래로 가기도 했다. 그게 왜 인상적이었냐 하면 시간여행은 공간을 이동하는 게 아니라는 것을 깨달았기 때문이다. 이것이 굳이 멀리 갈 것도 없이, 큰 돈 들일 것도 없이 떠나는 나의 시간여행 방식이다. 한 마디로 익숙한 내 주변을 '같은 시간 다른 공간, 다른 시간 같은 공간'에서 누리는 방법이다. 나는 남들이 잘 모르는 시간여행을 즐기는 사람이다

어느 토요일의 메시지

　　새벽녘에 선선한 바람을 느끼니 뜨거운 태양이 기세를 올리기 전에 시원한 한강 바람을 느끼며 자전거를 몰고 싶어졌다. 가끔 이렇듯 즉흥적이다. 언젠가부터 죽고 사는 일이 아니라면 마음 끌리는 대로 하는 것도 괜찮다고 여기기로 했다. 이는 지금껏 갈등의 상황에서 무언가를 정하는 기준으로 나름 괜찮았던 것 같다. 집 주위 따릉이를 찾아보니 몇 개 남지 않았다. 괜찮은 자전거는 다 빠지고 다소 낡은 자전거만 보인다. 개 중 나아 보이는 것을 택해 가다가 한 코스 앞의 대여소에서 바꿔야겠다는 마음을 낸다. 하지만 거기 도착하니 딱 한 대가 남아 있다. 타던 자전거를 얼른 반납하고 다른 자전거를 대여하려고 시도 하는데 이게 영 접속이 안 된다. 그런데 어떤 아저씨가 다가오더니 "잘 안되시나 봐요?"라며 방금 내가 타고 온 자전거를 대여해 가버렸다. 이 것을 일컬어 제 꾀에 제가 넘어간다고 하나 보다. 하는 수 없이 다음 대여소를 향해 걸어간다. 10여 분 걷는데 이 상황에 피식 웃음이 난다. 시작부터 꼬였다는 생각도 들었지만 남들은 일부러 운동 삼아 걷기도 하는데 스스로 기분을 깍아내릴 필요는 없다 싶었다. 마음을 이리 내니 걷는 것이 괜찮아 졌고 걸으면서 주변을 좀 더 보게 된다. 이 상황으로 나에게 던지는 메시지가 하나 있다. 한 치 앞을 못 보는 게 인간이다. 어쩔 수 없는 상황에서는 내 마음을 다스려야 한다. 그리고 어떤 마음을 낼 것인지는 순전히 나에게 달렸다.

그렇게 다시 대여한 자전거로 이른 아침에 한강변을 달린다. 제법 많은 사람들이 걷거나 뛰거나 자전거를 타고 지나간다. 강호에는 역시 고수들이 많다. 마포대교를 지나 여의도 공원에 접어 들었다. 근처 김밥 집에서 김밥을 포장해와 공원 벤치에 앉아 먹는다. 일요일 아침 나 혼자 소풍을 즐기는 셈이다. 공원을 자전거로 한 바퀴 휙 돌고는 근처 스타벅스에서 느긋한 여유를 부린다. 이렇게 시간을 보내니 내가 세상을 참 잘 살고 있다는 느낌이 확 밀려온다. 그냥 좋았다. 그리고 여기서 두 번째 메시지를 던진다. "행복이란 주변에 널려 있지만 마음이 엉뚱한 곳에 가 있어 안 보일 뿐이다."

그렇게 오전을 보내니 점심시간이 다가왔다. 아내에게 점심은 메밀국수로 내가 준비하겠다고 연락하고는 그 길로 지하철을 타고 집으로 향한다. 근처 마트에서 재료를 사서 오는 길에 아차 하는 생각이 든다. 메밀국수 만들겠다는 놈이 육수용 다른 재료는 다 사놓고 정작 메밀국수를 빠뜨렸음을 알았다. 돌아가려니 덥기도 하고 그냥 집으로 가던 길을 갔다. 나도 어이가 없는데 아내는 오죽 할까. 결국 한 번 더 발걸음을 한다. 메밀국수 없는 육수만 먹을 수는 없는 노릇이니. 여기서 던지는 세 번째 메시지는 "사람들은 열심히 무언가를 준비하지만 정작 중요한 것을 잘 빠뜨린다"이다. 돈, 직위, 명예, 인기 등은 메밀국수의 육수재료에 불과한지도 모른다. 그런 것들은 메밀국수가 있을 때 의미가 있는 것들이다.

　　오후에 다시 집을 나서서 회사로 향했다. 오늘은 대학원 가을학기 오리엔테이션이 있는 날로 원우회 활동 소개가 나에게 주어졌다. 줌으로 해야 하는데 아무래도 휴일의 조용한 사무실만큼 좋은 곳이 없어 보였다. 프리젠테이션 자료를 정리하고 순서를 잡다 보니 어느새 시간이 되었다. 교수진까지 꽤 많은 분들이 접속을 했다. 순서 마지막 Q&A 시간까지 마치니 비로소 하루가 끝난 느낌이다. 그제야 주변 동료들의 빈 자리들이 눈에 들어온다. 방금 줌으로 일본 도쿄에서까지 접속한 오리엔테이션을 마쳐서인지 한데 모여 일하는 이 분위기가 언제까지 갈까라는 엉뚱한 생각이 든다. 그러고는 오늘의 마지막 메시지를 다음과 같이 정리한다. 세상은 변한다. 어떤 변화는 무시해도 되지만 어떤 변화는 내가 적응해야 할 변화도 있다. 코로나로 인한 지금의 변화는 내가 적응해야 할 변화이다. "회장님, 줌 다룰 줄 아시죠? 알아서 진행하시고 저는 나갈게요". 앞 진행을 맡았던 조교의 한 마디가 내가 이 변화에 적응해야 할 이유를 압축적으로 알려주는 것 같다.

움직이니까 운이다.

"천하의 일은 놓인 형세가 가장 중요하고, 운의 좋고 나쁨은 그 다음이며, 옳고 그름은 가장 아래가 된다." 이익 <성호사설>

<운의 알고리즘>의 저자인 정회도님의 대담을 보다가 이익의 성호사설 한 구절이 탁 걸렸다. 인간의 역사는 반드시 정의가 승리하는 것도 아니며 역사는 승자의 기록이라는 말도 있듯이 우리가 접하는 역사기록물을 100%신뢰할 수는 없다. 한 시대의 중심에 있었던 인물이 시간이 지나면 꼭 집필하는 것이 자신의 회고록이다. 최근에는 <조국의 시간>이 있었고, <대통령의 시간>이라는 이명박 전 대통령의 회고록도 있었다. 이외에도 어떤 중요한 사건이 일어난 그 시간 그 장소에 있었다는 것으로 인물들의 회고록이나 역사적 증언이 나오곤 한다. 현대사 중에는 유신정권이 무너진 후 일어난 12.12사태 때 군부의 어느 줄에 섰느냐에 따라 그들의 인생이 참 많이 달라졌다.

저자는 운이란 올라갔다 내려갔다 하는 흐름이기에 그 흐름을 타라고 했다. 운이 상승의 기운을 탈 때는 많은 시도를 해보고, 하강국

면에서는 삼가 하고 응축하는 준비의 시간을 가지라고 말이다. 금수저 흙수저라는 말도 있듯이 사람마다 타고난 운은 다르게 마련이다. 세상을 알 즈음에 나는 왜 금수저가 아닌가 하고 한탄해 본들 달라질 것은 없다. 세상이 불공평하다는 것을 받아들이지 않으면 내가 내딛는 한 발짝이 너무 무거워진다. 그러니 자신의 주어진 운을 출발점으로 삼아야 한다. 성경에도 최초에 주어진 달란트 양이 중요한 게 아니라 그 달란트로 성과를 내었느냐가 핵심이었다. 나는 성경의 그 문장을 보며 만일 주어진 달란트로 투자를 했다가 실패했다면 주인은 벌을 주었을지 격려했을지 궁금하긴 하다.

운이 좋은 사람은 자신의 노력보다 더 많은 걸 얻는 사람이다. 지난 나의 시간들을 생각해 보면 나는 운이 좋았던 사람 같다. 나의 객관적인 지표들은 그리 내세울 바 없지만 매번 적절한 선택을 해 왔고 그 결과 나름의 성과를 잘 챙기며 살아온 것 같다. 감사한 일이다. 그런데 저자의 대담을 들으면서 나에게 대입해 보니 과연 그랬다 싶었던 일들이 있다. 운은 천, 지, 인의 삼박자인데 하늘이 의미하는 타이밍은 내가 어쩔 수 없지만 환경에 해당하는 지(地)는 어느 정도 개인이 영향력을 끼칠 수 있다고 한다. 근무지 이동을 한다거나 청소나 가구의 위치를 이리저리 바꾸는 것도 방법이라는 말을 들으니 내가 살아오면서 꽤 많은 곳을 옮겨 다녔다는 사실을 떠올렸다. 부산, 울산, 창원, 거창, 김해를 거쳐 지금의 서울에 왔는데 서울에서도 서울역, 강남의 역삼, 선릉, 서대문, 충정로 등 한 사무소 평균 근무기간이 2-3년에 불과했으니 이건 거의 역마살 수준이다.

운이란 고정적이지 않고 늘 움직이기에 운이라고 한다. 이익 선생의 말씀처럼 옳고 그르다는 것 이전에 형세가 있고, 운이 있다는 것이 사실이라면 저렇게 착한 사람이 왜 저리 안 풀릴까라고 할 게 아니라 세상을 읽어내는 힘이 부족함을 탓해야 할 것 같다.

내가 끌리는 두 작가

작가로서 끌리는 두 사람이 있다. 시인 류시화와 일본의 소설가 무라카미 하루키이다. 반면 내 취향은 아니다 싶은 작가도 있다. 소설가 김훈과 조정래다. 지극히 개인적이지만 작가에 대한 호불호를 보면 나는 무게 있고 진중한 것을 못 견뎌 하는 스타일인 것 같다. 그냥 좀 가벼우면서도 위트 있는 그런 글들이 끌린다. 어느 날 딸아이가 구입한 하루키의 '직업으로서의 소설가'라는 책장을 넘기다 내가 그의 글에 끌리는 이유를 알 것 같았다. 그는 소설을 쓰는 사람은 소설가이기 이전에 자유인이어야 한다면서 '내가 좋아하는 것을 내가 좋아하는 때에 나 좋을 대로 하는 것'을 그가 정의하는 자유인이라고 했다. 류시화나 무라카미 하루키는 취미나 여행도 즐기면서 딱히 자신을 시인이나 소설가라고 규정하지도 않고 쓰고 싶은 글을 형식에 구애 받지 않고 넘나드는 자유로움이 좋아 보인다.

'우리는 자신이 하고 싶은 방식으로 소설을 쓰면 됩니다. 우선 '딱히 예술가가 아니어도 괜찮다'라고 생각하면 마음이 훨씬 편안해집니다'

그렇게 자유롭게 사는 하루키지만 장편소설을 쓸 때면 하루에 200자 원고지 20매를 쓰는 것을 규칙으로 삼는다고 한다. 장기적인 일을 할 때는 규칙성이 중요한데 글이 잘 풀릴 때면 기세를 몰아 많이 써버리고 막히면 그냥 쉬는 것으로 해서는 규칙성이 생기지 않는다는 게 하루키의 생각이다. 좀 더 쓰고 싶어도 20매, 잘 안 된다 싶어도 20매라는 규칙을 지킨다는 그를 보며 전문 작가라는 직업은 여느 직장인과 크게 다를 바 없음을 알게 된다.

근처를 어슬렁거리는 자유인으로 살아가지만 원고지 20매라는 규칙을 지켜가는 하루키나 영적 자유를 추구하며 인도 여행을 통해 시나 산문, 번역서가 툭툭 튀어나오는 류시화처럼 나 역시 그런 자유인으로서의 글쓰기를 추구하고 싶다.

묵직한 소설가 김훈이 화장장에서 한 되박 반 정도 되는 친구의 뼛가루를 보며 썼다는 '어떻게 죽을 것인가?'에 나오는 글이다.

세상에는 없는 게 3가지가 있는데~
1. 정답이 없다.
2. 비밀이 없다.
3. 공짜가 없다.

죽음에 대해 분명히 알고 있는 것 3가지가 있는데~

1. 사람은 분명히 죽는다.

2. 나 혼자서 죽는다.

3. 아무것도 가지고 갈 수 없다.

그리고 죽음에 대해 모르는 것 3가지가 있다.

1. 언제 죽을지 모른다.

2. 어디서 죽을지 모른다.

3. 어떻게 죽을지 모른다.

상황이 이러하니 좀 자유롭게 산들 어떠하리.

좀 재미있게 살아볼까

내 감정은 내가 선택한다

A: 누가 너에게 개새끼라고 하면 기분 나쁘냐?

B: 당연히 기분 나쁘죠.

A: 왜 기분이 나쁠까? 너는 개새끼가 아닌데.

두 정신과 의사들이 찍은 유튜브 방송을 보다가 잠시 멈칫한 내용이다. 길을 가는데 어느 노숙자가 나에게 "야이, 개새끼야!" 라고 해도 나는 별 미친놈 다 있네 라며 무시하고 지나칠 수 있다. 그런데 직장 상사가 결재판을 집어 던지며 "야이, 개새끼야!" 라고 하면 마음의 상처를 크게 받을 것 같다. 왜 그럴까? 같은 말인데 왜 다른 감정이 일어나는 걸까? 불교에서도 비슷한 내용이 있다. 붓다가 어느 부잣집 문 앞에서 걸식을 하려는데 집 주인인 부자가 나와서는 붓다에게 아주 심한 욕을 해댔다.

붓다: 당신 집에는 가끔 손님이 오십니까?

부자: 오지.

붓다: 손님이 오면 음식도 대접 하겠네요.

부자: 하지.

붓다: 그런데 그 손님이 차린 음식을 하나도 먹지 않으면 그 음식은 어떻게 하나요?

부자: 내가 먹지. 그런데 그건 왜 물어?

붓다: 그렇군요. 저는 오늘 당신이 나에게 준 그 비난과 욕을 받지 않겠습니다.

대부분의 사람들은 타인들이 나에 대해 내리는 평가에 일희일비하게 된다. 심지어는 연예인들 중에는 악플에 시달리다 스스로 생을 마감하기도 한다. 그런데 위의 예화들을 통해 어떤 해결책을 찾을 수 있을 것도 같다. 사람들의 평가나 비난은 내가 어쩔 수 없는 것이다. 안 하면 좋겠지만 그들이 하는 것까지 막을 수는 없는 노릇이다. 그런데 여기에 내가 영향을 받고 말고는 순전히 나의 선택에 달려있다는 것을 알 수 있다. 사람들의 나에 대한 평가는 그의 평가이고 견해일 뿐이다. 누가 나를 무시한다고 해도 마찬가지이다. 상대가 나를 무시하는 것은 그에게 달려 있지만 그 무시를 당하고 안 당하고는 나의 선택이 된다. 굳이 상대에게 나를 증명하려고 애쓸 일도 아니고 그를 미워할 일도 아니다.

수많은 인간관계를 거치고 중년이 되어 보니 사람에 대한 나름의 관점이 섰다. 다른 사람은 내가 어쩔 수 없더라는 것이다. 이건 나의 자녀들에게도 해당되는 말이다. 상황이 이러함에도 누군가를 내가 바꾸겠다고 할 때 내 마음의 지옥이 시작된다.

옛날 어떤 임금이 핑크색을 너무 좋아해서 자신의 영지 안에 있는 모든 것을 핑크색으로 바꾸라고 했다. 말도 안 되지만 임금의 명령이라 백성들의 옷이며 물건들이며 건물이며 죄다 핑크색으로 바꾸었다. 심지어는 풀과 나무까지 핑크색으로 칠했다. 그런데 단 하나 하늘만큼은 핑크색으로 바꿀 수가 없었다. 그래서 신하들은 어떤 현자를 찾아가서 도움을 청하게 되었는데 그 현자는 임금에게 핑크색 안경을 주라고 했다. 그리고 임금은 핑크색 안경을 쓰고는 만족을 했다 한다.

세상이나 다른 사람이 내 마음에 들지 않으면 그들을 바꾸는 것도 방법이지만 이처럼 나의 관점을 바꾸는 방법도 있다. 그런데 어느게 더 쉬울까? 당연히 나의 관점을 바꾸는 것이 훨씬 쉽다. 물론 하루아침에 되지는 않는다. 연습이 좀 필요하다. 생각에 생각이 꼬리를 문다는 말이 있다. 사람들의 감정은 사건이 하나 일어나면 머릿속에서 그것을 반복 재생시키며 점점 키우는 경향이 있다. 하지만 우리는 일어난 사건에 대해 우리의 감정을 선택할 수도 있다.

"첫 번째 화살은 맞을지언정 두 번째 화살은 맞지 말라"는 것이
붓다의 가르침이다.

　　　　　　　　　　　　　　　　　　좀 재미있게 살아볼까

호미곶 바다와의 대화

오랜만에 바다를 보았다. 그것도 포항 호미곶에서 동해바다를 보았다. 밀려오는 파도가 바위에 하얗게 부서지는 모습을 보며 바다와 대화를 나누었다.

* 바다: 친구, 오랜만이네. 그간 잘 지냈어?
* 나: 날 기억해?
* 바다: 그럼, 4년 전 겨울 자네는 노부부와 함께 찾아 왔었지.
  그날은 비가 제법 내려 나를 보러 올 사람들은 없으리라
  생각했는데 하얀 승용차에 세 사람이 내리기에 인상 깊
  었지.
* 나: 그랬구나. 그 분들은 내 부모님이었어.
* 바다: 그리 보였어. 가뜩이나 겨울 바다의 바람이 찬데 비까지
  내렸으니 자네가 두 분을 염려하는 모습이 역력했어.
* 나: 맞아. 사실 그 여행은 갑자기 이루어진 포항 여행이었지.

모처럼 휴가를 내어 본가에 들러 두 분에게 작은 선물을 드리고 싶어 여행을 제안했는데 포항을 가고 싶어 하셨어.

* 바다: 부산 태종대 바다도 좋은데 왜 그러셨을까?

* 나: 아버님이 사업하실 때 포항을 많이 드나드셨는데 80세를 목전에 두고 한 번 가 보고 싶다시더군.

* 바다: 그랬구나. 부모님은 잘 지내시고?

* 나: 이제 두 분 다 80대 노인들이 되셨지. 건강은 괜찮으신데 아버님의 기력이 점점 떨어지는 것 같아 마음이 좀 쓰이네.

* 바다: 노인들이 다들 그렇지. 오늘 모처럼 자네가 왔으니 내가 큰 파도로 선물해 주지. 어때?

* 나: 시원하고 참 좋으네. 시선에 걸리는 것 없는 탁 트인 수평선도 좋고.

* 바다: 그런데 오늘도 일행들이 있으시네, 행색이 좀 특이 하신 것 같은데 스님도 계시고 머리 긴 남자 분도 계신 걸 보니.

*나: 중국차 동호회에서 만난 분들이야. 어제 스님의 절이 있는 경주에 와서 밤늦게 차 모임을 하고는 오늘은 호미곶 바다 자네를 보러 왔네.

* 바다: 잘 왔네. 요즘은 어찌 지내나?

* 나: 직장생활도 내년이면 끝이라 예전 같은 흥은 없는 것 같아.

좀 재미있게 살아볼까

* 바다: 그렇겠지. 사람이 어떻게 계속 열정으로만 살 수 있겠나.

* 나: 그런 자네는 어찌 지냈나?

* 바다: 나야 늘 한결 같지. 매 순간 파도를 일으켜 호미곶으로
　　　 가져오지. 때로는 큰 파도 때로는 작은 파도지만 여하튼
　　　 계속 파도를 보내고 있어.

* 나: 인생도 그런 것 같아. 이 파도가 지나가면 다른 파도가 늘
　　　 다가왔지 어느 순간도 파도가 없었던 적은 없었어.
　　　 다만 큰 파도냐 작은 파도냐의 문제였지.

* 바다: 그래, 바닷가의 바위처럼 그렇게 사는 게 좋아. 큰 파도는
　　　 큰 파도 대로 작은 파도는 작은 파도 대로 그렇게 묵묵히
　　　 받아 보길 권해. 그러다 보면 바위와 파도가 어우러져
　　　 살아있는 멋진 바닷가의 경치가 되지.
　　　 그게 파도와 바위가 공존하는 지혜일지도 몰라.
　　　 은퇴 후엔 뭐 할건가?

* 나: 글쎄, 몇 가지 계획은 있지만 자네 말처럼 그때 오는 파도를
　　　 보며 결정해야겠네.

* 바다: 잘 생각했네. 크든 작든 파도는 바다의 작은 일부에 불과해.
　　　 자네의 매 순간도 인생 전체로 보면 지나가는 파도에
　　　 불과하지. 큰 파도든 작은 파도든 그냥 지나가게 마련일세.

* 나: 고마워, 이제 가봐야겠네.

* 바다: 언제든 보고 싶을 때 다시 오게.

　　　나는 언제나 여기서 파도를 일으키며 그 모습 그대로

　　　있을 테니, 조심해 잘 가시게.

생각보다 가까이 있다

"전화요망" 이라는 문자가 찍혀 있었다. 개인적으로 형 동생처럼 지내는 옛 상사 분이셨다. "무슨 일이시지?" 궁금함에 전화를 드리니 대뜸 "야, 너는 형이 죽었는지 살았는지도 모르지?" 거의 한 달에 한 번 정도는 만나는 사이지만 최근 경황이 없어 연락을 못 드리긴 했다. 사정을 듣고 보니 얼추 두 달 정도 지난 사이에 급성심근경색으로 수술을 마치고 엊그제 퇴원을 하셨다고 한다. 다음 주 찾아 뵙기로 하고 전화를 끊었지만 잠시 멍한 느낌에 정말 인생 별 것 없구나 싶었다.

얼마 전 광주에서 철거 중이던 건물이 쓰러지면서 버스를 덮쳐 사람들이 사망한 사고가 있었다. 그것도 참 어이없는 죽음이었다. 내가 버스를 타고 가는데 멀쩡해 보이는 옆의 건물이 덮치리라고 상상이나 했을까. 나훈아의 ′공′이라는 노래에는 ′백 년도 힘들면서 천 년을 살 것처럼′이라는 가사가 있었다. 이렇듯 죽음은 늘 내 주변을 맴돌지만 우리는 알지 못한다. 암으로 시한부 판정을 받은 친구를 문병 갔다가 돌아오는 길에 교통사고로 자신이 먼저 죽을 수도 있는 것이 우리가 처한 상황이다.

"죽음이 두려울까, 죽는다는 생각 때문에 두려울까?"

어느 시한부 판정을 받은 질문자가 법륜 스님에게 삶의 조언을 구하자 거꾸로 스님이 던진 질문이었다. 정답을 말하자면 우리는 죽음이 두려운 게 아니라 죽는다는 생각 때문에 두려운 것이다. 죽음이란 자연스런 현상이다. 세상의 모든 것들은 태어난 순간부터 죽음을 향해 달려간다. 나는 지금 50대 이다. 평균 수명으로 치면 30년 정도 남았을 것이다. 나는 오늘을 살아가는 데 별 문제가 없다. 그런데 시한부 선고를 받고 3년 정도 살 거라는 말을 들었다고 치면 그 후의 삶은 이전과 달리 많이 흔들릴지도 모르겠다.

왜 그럴까?

살아갈 기간의 길고 짧음 때문일까? 그래 봤자 둘 다 시한부인 인생이다. 다른 점이 있다면 전자는 내가 죽음에 대해 생각을 않고 지내지만 후자는 죽음에 대해 의식하게 되었다는 차이가 있을 뿐이다.

"남들은 살 날이 많이 남았으니 인생을 좀 허비해도 여유가 있지만 질문자는 가뜩이나 살 날도 얼마 안 남았는데 울고 낙담할 시간이 어디 있어요. 남은 기간 즐겁고 행복하게만 살아도 모자랄 판인데"

같은 상황이라도 관점을 어떻게 가지냐에 따라 내가 처한 상황이 달리 보인다. 그것은 다만 그것일 뿐이다. 좋다 나쁘다, 옳다 그르다는 것은 내 마음이 짓는 상에 불과하다. 그것이 일체유심소조이다.

좀 재미있게 살아볼까

꽤나 재미나게 산다

"사람이 행복하다고 반드시 재미까지 있는 건 아니지만, 재미있게 사는 사람은 여하튼 행복합니다. 우리는 재미있게 살아야 합니다."
김선진 교수 <재미의 본질>

행복하게 살면 잘 사는 것인 줄 알았다. 그런데 행복이란 주관적인 감정이다 보니 법정 스님처럼 무소유 상태에서도 행복 할 수 있는 반면 명품 백을 기어이 가져야 행복한 사람도 있다. 명상이나 종교적 수행을 통한 행복감도 좋지만 어쩐지 좀 밋밋한 느낌도 있다. 잔잔한 호수 같은 행복감도 있지만 좀 동적인 행복감도 있지 않을까. 그것에다 재미라는 이름을 붙여보자. 인생을 좀 재미나게 살려면 그것도 어떤 방법이 있을까? 흥미롭게도 인간의 재미에 대해 연구하는 학자들이 있다. 경성대학교 김선진 교수의 세바시 강의를 나름대로 정리해 본다.

한 마디로 재미의 핵심은 '끌리면 경험해 보고, 좋으면 계속해 보라' 이다. 사람들에게 재미나게 살라고 하면 그럴 수 없는 이유로 돈이 없고 시간도 없다고 한다. 하지만 대부분의 재미는 공짜이다. 우리가 재미를 느낄 수 없는 것은 어릴 적 동심을 잃어버렸기 때문이지 여유가 없어서가 아니다. 그때는 오히려 재미난 게 많았다. 사람들은 주로 언제 재미를 느끼는가?

첫째, FUN, 마음이 자유로울 때이다.

하고 싶은 것을 선택할 수 있는 자유가 필요한데 재미의 본질은 자발성에 기초하기 때문이다. 스쿠버 다이빙도 군대에서 하면 훈련이지만 사회에서 내 돈 들여 하면 레저 스포츠가 된다. 둘의 차이는 선택의 자유가 있고 없음이다.

둘째, Unfamiliar, 익숙하지 않은 것을 접할 때이다.

어제 같은 오늘, 오늘 같은 내일에서 재미를 느끼기란 쉽지 않다. 변화가 필요하다. 그러고 보니 요즘 정치가 재미나다. 36세의 이준석이라는 사람이 보수야당의 대표가 되었기 때문이다. 그의 말, 행동, 그 앞에서 난감해 하는 아버지뻘 정치인들의 모습을 보는 게 재미있다. 일단 익숙하지 않으면 재미가 있다.

좀 재미있게 살아볼까

셋째, Network, 사람들과 함께 할 때이다.

혼자 보다는 사람들과 함께 할 때 재미가 더 하다. 우리는 이게 잘 안 된다. 상대에 대한 신뢰가 부족한 저신뢰 사회, 끼리끼리 모이는 집단주의 문화, 상대와 비교하는 마음 때문에 다른 사람들과 함께 하기를 꺼린다. 이를 극복하고 다양한 사람들과 만나보라.

이들 앞 글자를 따서 F.U.N 할 때 FUN을 느낀다.

그리고 사람들은 주로 다섯 가지 활동들에서 재미를 느낀다. 가지고, 키우고, 배우고, 만들고, 만나는 활동들이다. 지금 사는 게 재미가 없다면 매일 이 다섯 가지 중에 하나씩 체크해가며 그것을 중심으로 활동해 보라. 서서히 재미를 느낄 것이다. 당신의 인생이 재미없는 것은 재미있는 선택을 하지 않아서지 돈이나 시간적 여유가 없어서가 아니다.

그러고 보면 요즘 나의 재미는 글 쓰는 것, 직장 이외의 사람들과 만나고 교류하는 것, 이것저것 낯선 것들을 배우는 데 있기는 하다. '가진다'에 해당하는 것으로는 유일하게 책을 사 모으는 정도인데 그도 큰 무리 없는 지출 수준이니 괜찮은 수준이다. 대신 키우는 것에는 영 소질이나 취미가 없다. 이리 보면 난 지금 꽤나 재미있게 사는 것 같다.

준비만 하다 가는 인생

언젠가 내 어머님께서 '준비만 하다 가는 게 인생'이라는 말씀을 하셨다. 그런데 그 말씀이 참 맞는다는 생각이 든다. 우리는 하루에도 많은 준비를 하며 산다. 출근 준비, 식사 준비, 회의 준비 등의 일상적인 것도 있지만 취업준비, 결혼준비, 은퇴준비 등 시간이나 품이 많이 드는 것도 있다. 어쩌면 인생 자체가 준비로 이루어진 것일지도 모른다. 오죽하면 죽을 준비라는 말도 있을까. 그런데 문제는 이렇게 준비를 하는 건 좋은데 정작 하나의 만료 시점이 되면 또 다른 준비를 시작하는 데 있다. 그토록 준비를 했다면 이제 성과를 누리는 시간도 필요한데 그게 안 된다. 입시준비로 원하는 대학에 들어갔다면 다시 졸업후 취업을 위해 준비 모드에 돌입하는 것과 같다. 이래서는 삶이 참 피곤해진다.

긴장의 끈을 놓지 말라는 말들을 한다. 준비하지 않으면 이내 도태된다며 삶 자체를 항상 전투모드로 유지하게끔 한다. 기업에서는 해마다 CEO의 신년사를 발표한다. 직장생활 30년 동안 들었던 신년사들의 공통점은 올해는 늘 어렵다는 말이었다. 단 한 번도 경영 여건이 좋다는 말은 없었다. 한결같이 어려운 여건이니 긴장하고 준비하자는 메시지만 있었다. 그러니 신년사라 해도 별 특이할 것이 없는 것이 되고 만다. 그런데 준비라는 것은 오지 않은 미래에 대한 대비이다. 준비하지 말자는 얘기는 아니지만 우리는 준비로 인해 너무 많은 오늘을 놓치는 실수를 범하고 있다. 인생은 지금 누리는 이 순간이 하나 둘 모여 이루어지는 데도 오늘은 언제나 내일을 위한 준비로만 의미가 있는 것 같다.

흔히들 철저한 준비와 완벽한 대비를 하겠다는 말을 한다. 사람이 하는 일에 완벽함이란 수식어가 가능할지 모르겠지만 아무튼 이런저런 준비에 많은 공을 들인다. 회사의 일이란 준비하고 실행하는 것의 반복이지만 적어도 개인은 좀 달라야 할 것 같다. 지금 이 순간의 행복감을 나중에 몰아서 느낄 수는 없기 때문이다. 준비의 최종 시점은 늘 미래에 가 있다 보니 몸은 여기에 마음은 저기에 가 있는 상황이 발생한다.

물론 수 만년 동안 형성된 인간의 진화 시스템은 지금의 행복을 느끼기 보다는 미래를 걱정하게끔 설계되어 있긴 하다. 항상 미래를 걱정하고 오늘을 준비하는 시간으로 채웠기에 문명도 생겨 났을 것이다. 하지만 부작용도 없지 않은데 마음이 늘 미래에 가 있는 사람은 긍정보다는 불안의 마음이 앞선다. 그래서 준비를 더 하게 된다. 그리고 시간이 흘러 그 미래에 도달했더라도 거기서 마음은 또 미래에 가 있고 불안한 마음은 여전하다. 이래서야 끝이 없다. 어쩌면 더 이상의 미래가 없는 임종의 순간이 되어야 편안해질지도 모를 일이다.

　　그렇다면 대안은 무엇일까? 그냥 몸과 마음을 지금 여기에 두고 살아보는 것이다. 그런데 이게 쉽지 않다. 우리의 마음은 잠시라도 한 곳에 머무는 것을 힘들어 하기 때문이다. 그래서 연습이 필요하다. 지금 내 곁에 있는 사람에게 관심을 두고, 지금 내가 보내는 작업에 집중하는 것 그리고 지금 나의 느낌을 놓치지 않는 연습이 곧 마음수행인 거다. 그것이 자신의 인생을 잘 사는 길인 것 같다.

그러라 그래

\#

　책을 한 권 주문했다. 가수 양희은의 '그러라 그래'라는 제목의 책이다. 예전 '라디오 스타'라는 프로그램에 출연했던 개그우먼 박미선 씨가 개인적으로 친하게 지내면서도 어려운 일이 있으면 하소연하는 상대가 가수 양희은이라고 했다. 그녀는 박미선이 한참 넋두리를 늘어놓으면 가만히 듣다가 마지막에 자신에게 꼭 해 주는 말이 '그러라 그래'라는 말이었다고 한다. 방송을 통해 들은 이야기지만 '그러라 그래'라는 말에는 묘한 매력이 있어 보였다. 아침에 눈만 뜨면 얼마나 많은 일들이 일어 나는가. 그렇게 하루가 시작되고 여러 관계들로 우리의 일상은 채워지고 있다. 옛말에 나무는 가만 있고 싶지만 바람이 가만 두지 않는다고 했듯이 내 생각이나 의지와는 상관없이 돌아가는 주변의 일들이나 상황이 참 많다. 그럴 때 '그러라 그래'라는 말 한 마디면 그 상황을 바라보는 내 관점이 문제에서 한 발짝 물러나 객관적으로 보게 되고 마음마저 정화되는 느낌이 들 것 같다. '그러라 그래'의 원조 양희은 씨가 같은 제목의 책을 내었다고 하니 어떤 내용일지 궁금했다.

##

　　지난 3월부터 이어지는 수요일 저녁 행사가 '러시아 인문강좌'이다. 작년에는 오프 강좌도 드문드문 있었지만 올해는 줌을 통한 온라인 강좌로 이어지고 있다. 어제는 한국 법조인 최초로 러시아 연수를 다녀와 지금은 러시아 법학회 모임을 이끌고 있는 현직 판사 분이 자신의 경험을 나누는 시간이었다. 톨스토이의 '부활'에 나오는 배심원제에 대한 설명과 참심제, 국민참여재판의 차이를 비교한 내용도 흥미로웠지만 정작 그 분의 특이한 이력에 눈이 갔다. 정치외교학을 전공했지만 법조인이 된 이유가 답이 없는 것 같은 인문학의 모호함 보다는 법이라는 명료함에 끌린 때문이라 했다. 공감이 갔다. 나 역시 매사에 답이 없는 모호함을 정말 싫어하기 때문이다. 그런데 그렇게 모호함을 싫어하고 문학 장르에 관심이 없던 내가 대학원 전공을 문예창작 분야를 선택했다. 왜 일까? 세미나의 다른 참석자가 인공지능 시대에 판사라는 직업의 미래에 대해 질문하자 그 분은 대체 가능성도 있다는 말을 했다. 하지만 변호사라는 직업은 살아남을 것 같다는 의견을 내었는데 그 이유가 자신의 의뢰인이 비록 죄를 지은 것 같더라도 변호하는 입장에 서야 하는데 이는 인공지능이 수행하기는 어려울 것 같아 서란다. 그 말은 결국 명료함의 가치는 인공지능에 밀려 나지만 모호함의 가치는 계속 유지될 거라는 전망처럼 들렸다. 어쩌면 그것이 나의 인생 3막에 문학이라는 콘텐츠에 관심을 두게 된 이유 같기도 하다. 하지만 그 선택마저도 명료함을 추구하는 내 성향이 기여한 공이 크다.

"장 선생, 편집국장을 맡아줬으면 해"

오후에 지역의 문인협회 회장님으로부터 전화가 왔다. 이번 달 문학 행사에 작품 한 점 내라는 말씀과 함께 임원진으로 들어와 일을 하라는 뜻이었다. 언젠가는 제안하시겠구나 예상은 했지만 시기가 좀 빨리 온 것 같다. 잠시 생각하다 그냥 맡기로 했다. 나로서는 문학 콘텐츠라는 새로운 분야에 입문해서 선배 문인들과 교류하는 기회로 삼으면 될 것 같다. 명료함을 찾아 지금껏 왔는데 이제는 인문과 문학이라는 모호함을 추구하는 나를 보니 인생은 역시 명료함 보다는 모호한 거라는 생각도 든다. 양희은의 "그러라 그래"라는 말은 누가 뭐래도 나는 나의 길을 뚜벅이처럼 가겠다는 혼잣말 같기도 하다.

바다가 좋은 마음

바다가 그리울 때가 있다. 포말로 부서지는 파도와 가없는 한 줄
의 수평선, 그 철썩거리는 파도소리까지. 고향이라 부산이라 바다에 대
한 그리움에 일 년에 몇 번씩은 바다를 눈에 담고 와야 한다. 무슨 인연
이지 군 생활도 동해 바닷가를 낀 해안부대에서 했다. 야간에 순찰을
도는 바다는 까만 바다였고 변화 없는 바닷가 생활에 답답하다는 사람
들도 있었지만 나는 바다를 매일 보는 것이 조금도 물리지 않았다. 그
런 내가 바다 없는 도시에서 십 년이 넘게 생활하고 있다. 그래도 예전
에는 출장이라도 잦아 가끔은 바다를 볼 기회도 있었지만 지금은 출근
하면 퇴근시까지 책상에 종일 앉아 있는 일이라 바다를 보려면 일부러
시간을 내어야 하니 쉬운 일이 아니다. 바다를 삶의 터전으로 살아가는
사람들에게는 욕먹을 짓이지만 20대 때에는 태풍이 온다고 하면 일부
러 바다를 찾은 적도 있다. 평상시의 바다와 달리 집채만한 파도가 일
어났다 사라지는 역동적인 모습을 보면 바다의 커다란 힘이 고스란히
나에게 전해지는 것 같았다.

심리학자 김정운 교수는 갯벌이 있는 서해 바다를 좋아한다고

했다. 밀물과 썰물로 바다에 늘 변화가 있고 사람들의 접근을 쉽게 허용하여 조개나 바지락을 비롯한 여러 바다 생물을 채집할 수도 있으니 삶의 터전도 된다고 했다. 그래서 동해와 서해 바다를 여인에 비교하며 동해 바다는 미인과 같아서 보기에는 좋지만 가까이 하기가 어렵지만 서해바다는 늘 친근하게 다가설 수 있어 좋다고 했다. 그렇게 보면 동해 바다는 보는 바다이고 서해 바다는 체험하는 바다인 것 같다. 그럼에도 나는 동해 바다를 더 좋아한다. 비록 갯벌도 없고 사람의 접근을 허용하는 구간도 한정되어 있지만 시야에 걸리는 것 없이 탁 트인 그 풍광이 좋아서다.

사람이 바다라면 어떤 모습이면 좋을까 생각해 본 적이 있다. 갯벌과 얕은 수심으로 다양한 해안가 모양새를 갖춘 서해 바다처럼 친근한 모습도 좋다. 아니면 쉽게 접근하기는 어렵지만 자신의 세계가 확고한 것 같은 수심 깊고 푸른 동해 바다의 모습도 나쁘지 않다. 이왕이면 둘 다의 모습을 갖추는 게 좋겠다. 사람을 대할 때는 서해 바다처럼 친근하게 다가서고 홀로 스스로를 마주할 때는 깊고 단정한 동해 바다 같은 사람이면 공자가 말하는 군자의 모습일까?

나는 바다가 좋다. 하지만 바다는 한 번도 나를 좋아한다고 한 적이 없다. 이처럼 무언가를 좋아하면 그냥 좋은 것이다. 바다가 왜 좋으냐고 묻는다면 이 한 마디면 족하다. "그냥". 그냥 좋은 것이 정말 좋은 것이다. 사람도 그렇다. 누군가를 그냥 좋아 할 수 있을 정도면 내가 좋은 것이다. 바다를 좋아하는 사람이 바다를 보듯 그 사람을 보면 내가 그냥 좋으면 된 것이다. 그가 비록 나를 좋아한다는 말을 않더라도 그러하다.

잘 나고 싶은 마음

세상에는 잘난 사람들이 있다. 개중에는 정말 잘 난 사람도 있지만 별 것 없는데도 잘난 체하는 사람도 있다. 그리고 실제 잘난 사람이라도 그가 잘난 체하면 일단 거부감이 든다. 이건 거의 본능 수준인데 그 자체로 신기할 정도이다. 학자들의 연구에 의하면 지금도 원시생활을 유지하고 있는 종족들도 누군가 잘난 체하면 따돌림 현상이 나타난다고 한다. 학자들은 추정하기를 집단생활을 하는 인간의 특성상 잘난 체 하는 사람은 전체의 결속을 저해하는 존재이므로 그런 성향을 수용하지 않는 방향으로 인간 본능이 진화된 것 같다고 한다. 그럼에도 인간은 기본적으로 잘나고 싶은 욕구를 지니고 있다. 또한 그것은 상당히 강한 욕구이다.

"잘나고 싶은 생각이 일어난 것 자체를 잘못됐다고 생각하면 안됩니다. 모든 사람은 욕구가 있듯이, 모든 사람은 잘나고 싶은 생각이 일어납니다. 그런데 조금만 깊이 살펴보면 잘나고 싶다고 잘나지는 게 아닙니다. 이걸 잘 알아서 잘나야 된다는 생각에 집착을 하지 말아야 해요. 집착하면 괴로움이 생깁니다." <법륜 스님>

스스로를 돌아보면 상당히 강한 욕구 중 하나가 이 잘나고 싶은 욕구인 것 같다. 다른 말로 인정의 욕구라 할 것인데 어떤 때는 그것이 에너지가 되어 좋은 성과를 내기도 하지만 잘 안 되었을 때는 이런저런 괴로움이 생겨나기도 했다. 내가 잘나고 싶다고 잘나지는 것도 아니고 남에게 잘 보이고 싶다고 나를 잘 봐 주는 것도 아니라면 그런 욕구에 집착하는 것은 의미 없는 게 아닐까. 무엇이든 집착을 하게 되면 괴로움의 원인이 된다. 욕구의 대상에 대해 그것을 반드시 해야 한다고 집착하게 되면 그것이 괴로움의 원인이 된다.

불교의 가르침에서는 욕구를 버려야 할 대상으로 보지 않는다. 다만 알아차림의 대상으로 보고 있다. 배 고플 때 음식에 대한 욕구는 당연한 것이고 피곤할 때 자고 싶은 욕구 역시 당연한 것이다. 그런데 적당히 먹었는데도 맛있다고 더 먹거나 충분히 잤음에도 일어나지 않고 더 누워있다 보면 꼭 끝이 좋지 않다. 잘나고 싶은 욕구도 마찬가지이다. 그런 욕구가 일어나는 것은 어쩔 수 없다고 하더라도 그것에 집착하면 끝내 볼썽 사나운 모습을 보이고 만다. 잘나고 싶거나 잘 보이고 싶을 때면 이런 생각을 해보자.

'지금 나는 잘나고 싶고 남에게 잘 보이고 싶구나. 그런데 내가 잘나고 싶다고 잘나지는 것도 아니고 잘 보이고 싶다고 잘 봐주는 것도 아닌데 내가 왜 쓸데없이 헛심을 빼고 있지? 내가 스스로 주인 된 삶을

좀 재미있게 살아볼까

살지 못하고 다른 사람을 주인으로 두고 좌우되는 삶이 뭐 그리 대단할 것인가. 그냥 지금처럼 나는 나의 길을 가고 말자'

정의도 변하는가?

점심을 먹고 주변 산책을 나갔다. 회사가 덕수궁 주변이라 가끔 근처를 한 바퀴 도는 편이다. 평소에는 별 생각 없이 정동길을 걷는데 시청과 인접한 서울시립미술관을 앞을 지나다가 문득 드는 생각이 있었다. '정의도 변하는가?'

서울시립미술관은 오랫동안 대법원의 건물로 사용되던 곳이었다. 기록을 보니 대법원이 1995년도에 지금의 서초동으로 이전했다고 하니 근 현대사의 굵직한 사건들은 이 곳 건물에서 재판이 진행되었을 것이다. 어떤 사건들이 있었을지 추측해 보니 먼저 1979년의 10.26사태가 생각났다. 김재규 중앙정보부장에 의한 박정희 대통령 시해 사건이었다. 김재규의 사형집행으로 사건은 끝이 났지만 나중에 신 군부에 의해 판사와 변호인들이 협박당하며 재판이 유린되었다는 녹음테이프 증거가 나오기도 했다. 그 이후 80년대 5공 시절에는 여러 시국사건들로 민주투사들이 재판을 받았을 거다. 또 이 건물이 일제시대인 1928년에 지어졌다 하니 당시 얼마나 많은 독립운동가들이 여기서 재판을 받고 투옥되거나 사형당했을 것인가.

이리 보면 정의라는 것도 절대적인 가치가 아닌 것 같다. 가장 최근의 역사적 사건인 촛불혁명도 조선 시대로 보면 민란이었을 것이다. 어쩌면 애매한 반란의 수괴를 잡아들여 남대문 앞에다 효수했을지도 모를 일이다. 식민지 시대에는 독립운동가들의 공소 이유가 치안 유지법 위반이었다고 한다. 그리 보면 법이라는 공동체의 최고 규범에도 절대적인 가치를 둘 수는 없는 것이다. 정의나 법은 누가 권력을 가졌느냐에 따라 그 권력을 공고히 하는 방향으로 제정되어갔다. 권력을 가진 자는 그 권력을 쉽게 내려놓지 않기 때문이다. 권력에 대항하는 자는 법을 위반하는 것으로 그 사회의 안정을 위해 격리하거나 제거해야 할 대상이 된다. 점심시간 산책을 겸한 짧은 시간이 정의를 생각하는 묵직한 시간으로 변한 느낌이다. 모두가 정의를 말하지만 서로 같은 의미는 아닐 것이다. 누군가 정의를 말할 때면 이렇게 되물어야겠다. 누구를 위한 정의인가? 그리고 그 정의는 정당한가? 이런 질문이 없다면 권력자가 원하는 방향으로 대중은 꼭두각시처럼 끌려 다닐 것 같다. 마이클 샌들의 '정의란 무엇인가?' 라는 물음에 대한 답변은 "그 때 그 때 달라요"가 될 것이다.

무언가는 하며 산다

바람처럼 구름처럼 살다가 가라 하네!

이 말을 별로 좋아하지는 않는다. 뭔가 맥이 확 풀리는 느낌이다. 세상에 났으면 무언가를 해야지 공수래공수거(空手來空手去)라며 초월한 듯 산다는 건 어쩐지 비겁한 도피라 여겨졌기 때문이다. 그렇다고 꼭 무언가를 악착같이 해야 하는 것도 아닌 것 같다. 인생의 길이 얼마나 다양한데 한 사람이 꼭 가야만 할 길이 있기나 한 걸까.

약간 우울한 퇴근 시간이었다. 회사에서 2시간 반 가까이 이어진 토론에서 본사와 현장의 심한 괴리를 확인했기 때문이다. 그들의 주장이 틀렸다는 것이 아니다. 해당 부서의 역할로 치면 분명 맞는 이야기들이었다. 그런데 뭔가 공허한 느낌이 들었던 건 알맹이가 빠져있는 것 같아서다. 비 내리는 퇴근길 내내 그 생각이 머리를 떠나지 않는다. 대체 뭘까? 회사에 도움이 되는 상품을 팔아야 하는데 수익도 안 나는 상품을 팔아서는 안 된다. 맞는 이야기다. 하지만 다른 회사들은 그걸 몰라서 손해 보는 상품을 파는 것은 아닐 것이다. 성과를 못 내는 영업 채널은 폐지해야 한다. 결과적으로 그것도 맞는 얘기다. 하지만 그들이 왜 성과를 못 내는지 알아야 한다. 오직 결과만으로 판단을 하겠다면 그만큼 간단한 일도 없다. 서로 경쟁시켜 놓고 싸움에 진 놈들은 죄다 도태시키면 된다. 그러면 과연 살아남을 놈들이 얼마나 있을까? 그리고 도태 당한 놈들이 그대로 사라지는 것도 아니다. 이내 상대편 진영에 붙어 그 쪽의 칼을 들고 이 쪽으로 달려든다. 그게 보험시장의 영업 현실이다. 회사가 채널 중심의 전략에서 벗어나 고객에게 직접 마케팅하는 것으로 전환해야 한다는 얘기에는 더 이상 할 말이 없게 만든다. 영업주체에 대한 개념이 없는 주장이다. 회사의 누가 어떻게 고객에게 다가선다는 얘기인가. 본사에 앉아 있는 직원들이 고객을 직접 만나 영업이라도 할 텐가? 이미 영업을 떠난 상황이고 전체적인 토론 분위기를 감지했기에 직접적인 발언은 하지 않았다. 하지만 마음은 좀 무거웠다. 집에 도착할 무렵 내린 결론은 이러했다. 각자는 옳았을지 몰라도 전체가 갈 방향은 아니다.

영화 기생충의 한 장면이 생각난다. 큰 집에 주인공 가족들이 하나 둘 영입되면서 기존의 가정부를 내쫓았을 때의 장면이다. 어느 누구도 몰랐지만 그 집 지하에서는 가정부의 남자가 굶주림에 서서히 죽어가고 있었다. 이처럼 세상에는 사람들이 몰랐다는 사실 때문에 죽어가는 사람들이 생겨날 수도 있는 법이다. 그래서 모르는 일에는 이러쿵저러쿵 이야기 하느니 차라리 침묵하는 게 모두를 위해서 좋다. 어쩌면 나 역시 내 관점으로만 보고 있을지도 모른다. 회사는 자산을 운용하는 부서도 있고 IT가 돌아가게 하는 부서도 있고 사옥을 관리하는 부서도 있다. 그 중에서 나는 영업이라는 부서에서 오랫동안 근무했을 뿐이다. 그나마 다행인 건 가정부를 내쫓으면 지하실의 한 남자가 굶어 죽는다는 사실 정도는 알게 되었다. 인생은 바람처럼 구름처럼 살다 갈 것도 아니고 무언가를 악착같이 해야 하는 것도 아니다. 하지만 남이 알아주든 말든 무언가는 꾸준히 하고 있어야 한다. 그게 생명체의 본질인 산다는 것이다.

인생 모토가 달라지다

"안정된 자유"는 꽤 오랫동안 내가 모토로 삼아 왔던 말이다. 시민활동가로 일하시는 어떤 분은 그건 동시에 추구할 수 없는 가치라고도 했다. 하지만 나는 안정과 자유를 모두 추구하고 싶다. 가정을 가진 내가 안정을 외면한 채 자유만 추구하는 건 무책임한 처사라는 생각이 들어 내가 처한 현실에서 최대한의 자유를 누리는 것으로 나의 모토를 정했었다. 처음 이 아이디어를 아내에게 꺼냈을 때 지극히 나다운 발상이라며 웃어주던 기억이 있다. 그런데 어느 날 중국 찻집을 운영하는 후배와 술자리를 가졌을 때의 일이다. 코로나로 힘겹게 버텨가는 후배가 나의 모토인 '안정된 자유'를 듣고서 이런 말을 했었다.

"선배님, 안정된 자유라는 말은 진정한 자유가 아니에요. 어찌 보면 좀 슬픈 말 같기도 하네요. 한계가 있는 자유라는 뜻이잖아요. 거꾸로 하면 어떠세요? 자유 속의 안정" 그의 지나온 과거를 알기에 충분히 그 말이 이해 되었다. 후배가 안정된 자유를 추구하는 사람이었다면 잘 다니던 대기업을 그만두고 자신의 사업을 시작하지도 않았을 것이며, 모두가 우려하는 강남의 2호점을 열지도 않았을 것이다. 그는 늘

남들 보기에 '저게 될까?'라는 길을 스스로 선택하고 걸어 갔었다.

　나와 가치가 다르다는 것은 알고 있었지만 '안정된 자유'와 '자유 속의 안정'이라는 말로 잘 설명 되는 것 같다. 그런데 돌아오는 길에 후배의 이야기가 자꾸 머릿속에 맴돌았다. 그리고 지금껏 내가 추구했던 '안정된 자유'라는 모토도 이제 폐기해야 할 시점이라는 생각이 들었다. 30년 넘는 직장생활 동안 가정과 직장이라는 틀 안에서 알게 모르게 많은 자유를 누렸다고 자부한다. 아내는 그런 이기적인 나의 성향을 잘 받아 주었다. 직장생활에서도 어딘가에 메이는 게 싫어 사업분리 시점에 은행에서 보험으로, 그 중에서도 영업관리를 지원했다. 책상에 앉아 있기 보다는 돌아다니는 것을 즐겼고 왁자지껄한 파티 같은 행사를 주관했다. 한 마디로 직장생활을 참 재미나고 행복하게 해왔다. 감사한 일이고 그게 다 '안정된 자유'라는 틀 안에서 이루어진 나의 선택지였다.

　그런데 그것을 벗어 던질 때가 된 것이다. 이제 안정된 자유는 더 이상 내가 추구할 가치가 아닌 것 같았다. 왜 그럴까? 내가 가족에 대한 가장으로서의 책임이 어느 정도 마무리 되는 시점이기 때문이다. 아이들은 성인이 되었고, 나는 머지않아 은퇴를 맞는다. 장차 여유로운 시간들이 늘어날 것이다. 하지만 은퇴 이후를 놓고 볼 때 몸과 마음이 건강한 상태로 보낼 수 있는 기간이 과연 얼마나 될까? 75세 이후에 병원 신세를 안지는 노인들이 드문 걸 보면 나이 들수록 내 건강도 장담 못할 것이다. 그러니 이제부터는 그간 안정 때문에 미루어 왔던 일들을 시도해 봐야겠다. 후배의 말대로 '자유 속의 안정'으로 나의 모토를 바꿔야겠다. 위대한 경제학자 케인즈 선생도 이런 말을 남겼다. "상황이 달라지면 내 생각도 바뀝니다. 당신은 어떤가요?"

일이 아니라 놀이였다

토요일을 지나면서 짐을 하나 덜어낸 느낌이다. 작년에 대학원에 진학하면서 원우 회장직까지 맡다 보니 좀 더 활동적으로 시간을 보내는 편이다. 하지만 코로나 이후로 외부 활동은 할 수 없는 터라 올해 초에 계획했던 게 온라인 세미나를 개최한다는 거였다. 전공이 글쟁이들이 모인 문예창작이다 보니 니즈에 맞는 주제를 정했는데 책을 출간하는 것과 문단에 등단 하는 법이었다. 지난 4월에 첫 세미나를 열었고 어제 두 번째 세미나를 마쳤다. 하필이면 학과의 문집 제작을 위한 편집회의까지 겹치다 보니 주말 하루가 좀 빡 세게 지나갔다. 이로써 올 상반기에 하려고 했던 일들은 마무리가 되었다. 다른 총무로부터 내가 많은 것을 하는 것 같다는 말을 들었는데 누가 시킨 것도 아니고 나 좋아서 하는 것이라 딱히 고생이랄 것도 없다. 어떤 일을 기획하고 그것이 되어 가는 과정을 즐기는 편이라 자원만 있다면 무언가를 만들어 가는 일은 재미난 놀이가 되고 만다. 그 자원이란 것이 돈과 시간, 사람일 텐데 코로나 이후로 많은 것들이 비대면 온라인으로 들어 오다 보니 큰 부담이 없었던 면도 있다. 이것도 코로나의 역설인가 보다.

일은 되어가는 것이라고 한다. 이 말은 처음부터 철저한 준비를 통해 세상에 짠하고 걸작이 나타나는 게 아니라 어느 정도 계획이 섰으면 시작을 하고, 진행 하면서 부족한 것은 채워가는 식으로 완성도를 높여 간다는 뜻이다. 그렇게 만들어져도 최고의 결과물은 아닐 수 있다. 아무리 노력해도 천재 모짜르트를 따라 갈 수 없었던 살리에르처럼 어느 분야나 탁월한 고수들은 있게 마련이다. 모두가 스타를 꿈꾸지만 누구나 스타가 되는 것은 아니듯이 최고의 결과물이 아니면 의미가 없다고 볼 게 아니라 일단 시작을 하고 되어가는 과정에 몰입하는 것이 평범한 사람들이 살아가는 방식이다. 아마추어와 프로는 역량 면에서는 비교의 대상이 아니겠지만 행복도에서는 아마추어가 더 나을지도 모른다. 프로는 돈이 목적이지만 아마추어는 활동 자체가 목적이기 때문이다. 그것은 일이냐 놀이냐의 문제이다.

세상에 재미난 것은 돈이 안 되는 것들에 많은 것 같다. 그나마 다행인 것은 은퇴시점이 다가오면서 누구도 나에게 더 많은 소득을 기대하지 않는다는 것이다. 이게 은근히 마음을 편하게 한다. 누군가 그에 대해 뭐라고 하면 '30년 넘게 벌었으면 됐지 이 나이에 벌만한 일이 뭐 그리 있겠어'라며 슬쩍 미소를 흘리는 거다. 살아지게 된다는 말도 있듯이 어떡하든 살아는 질 것이다. 먼저 나가신 선배들을 봐도 그렇고 또 은퇴를 나만 하는 것도 아니잖은가. 이제는 점점 시간이라는 자원이 늘어난다. 50대는 인생의 새로운 재미와 의미를 추구하기에 좋은 시기이다.

비 오는 날의 책 읽기

장마의 시작으로 비가 오락가락 내리는 휴일이었다. 방학을 맞아 친구들과 캬라반 캠핑을 떠난 딸아이가 염려 되었는데 별 문제 없다는 연락을 받았다. 비 오는 날의 가라앉는 기분은 어쩔 수 없지만 주인 없는 딸아이의 방에서 빗소리 들으며 책장을 넘기는 호사는 맘껏 누릴 수 있었다. 더구나 주문했던 책 세 권이 도착해서 더욱 풍요로웠던 주말이었다.

자주 들르는 광화문 교보문고의 고객 등급이 떨어져 혜택이 줄었다는 통보를 받았다. 생각해 보니 코로나 이후로 발길을 끊었던 이유가 컸던 것 같다. 그렇다고 코로나가 여전한 현 시국에 사람 많은 매장에 자주 가는 것도 꺼림직해서 그냥 신경 끄기로 했다. 근래 책을 잘 보지 않는 나를 본다. 유튜브의 매력적인 영상들은 습관적으로 내 눈을 사로 잡았고 그렇게 빠져있다 보면 어느새 시간이 훌쩍 지나는 경험을 자주 하고 있다. 독서에 비해 너무도 손쉬운 활동이고 유튜브 구독자를 늘리기 위한 자극적인 단어 선택과 편집 기술에 점점 홀려드는 느낌도 든다. 어느덧 점점 중독되어 간다는 마음도 없지 않다. 이제 공중파

좀 재미있게 살아볼까

의 영향력은 예전만 못하고 유튜브나 팟캐스트 등 개인 미디어의 영향력이 커지는 시대가 되었다. 문제는 공영 미디어에 비해 개인 방송들은 검증기능이 약하다는 것이다. 자극적이지만 가짜뉴스가 판을 치는 어지러운 영역이 유튜브 같은 개인 미디어 영역이다. 언론의 자유와 진실의 영역이 대립하는 곳이기도 하다.

시대가 달라졌으니 정보나 지식을 얻는 법도 달라져야 한다고 여기겠지만 텍스트는 여전히 모든 콘텐츠의 기본이 되고 있다. 영화나 영상을 찍으려 해도 시나리오나 콘티를 짜야 하고 중요 발표를 할 때도 발표자는 역시 텍스트로 이루어진 원고를 읽고 있다. 우리나라는 문맹률이 거의 제로 수준이지만 문해력은 낮은 수준에 머문다는 발표가 있었다. 문해력은 문장을 읽고 해석하는 능력이다. 눈앞의 글자는 읽어가지만 문장이나 단락의 의미를 파악하지 못한다는 것이다. 이게 좀 이상하다. 문맹률이 낮으면 당연히 문해력은 높아야 하는데 아주 특이한 현상이다. 원인은 텍스트를 읽는 시간 보다 스마트폰의 영상에 빠져있는 시간이 더 많은데 있다고 한다. 초고속 통신환경은 재미난 동영상을 항상 제공해주고 있어 책보다는 영상에 눈이 더 머물고 만다. 인터넷 강국의 예기치 못한 역기능이다.

조용해 보이지만 독서는 생각보다 피로한 활동이다. 텍스트를 따라가면서 자신의 생각과 저자의 생각이 충돌하는 지점이 있고 그 지점에서 사색과 끄적거리기도 하는 등 적극적인 사고활동이 독서활동이다. 하지만 유튜브 영상을 볼 때는 내 생각이 개입할 여지가 없다. 그냥 플레이 해두고 보기만 하면 된다. 편집자의 의도를 따라가다 보면 어느새 내 생각은 편집자의 생각과 유사하게 닮아 있게 되는데 이것이야 말로 사고의 좀비가 아니고 무엇일까. 너무 많은 콘텐츠는 오히려 선택을 어렵게 한다. 사실 콘텐츠는 요리로 치면 재료에 불과하고 정작 중요한 것은 내 사고의 확장이 될 터인데 유튜브 영상이라는 콘텐츠는 그냥 완성된 배달음식 하나 시키는 것과 다름 아니다. 반면 독서는 직접하는 요리처럼 여간 번거롭지가 않다. 그래서 사람들은 편리한 유튜브에 자꾸 손이 가는 것 같다. 이처럼 시대는 독서 하기에 무척 어려운 환경이다. 그럼에도 다시 책이라는 결론으로 가고자 하는 것은 주입된 생각 말고 적어도 내 생각 하나쯤은 가지고 싶어서다.

이러고 놀 수도 있다

　월요일에 출근을 하면 직원간 주말 근황을 묻곤 한다. 내가 혼자 무엇을 했노라 하면 꼭 따라 붙는 말이 "혼자서 무슨 재미로"라는 말이다. 매 번은 아니지만 그럼에도 혼자서 무언가를 하는 시간이 다른 사람들에 비해서 많긴 하다. 누군가와 함께 하는 활동도 좋지만 혼자만의 시간을 보내다 보면 오롯이 그 시간을 나를 위해 쓴 것 같아 충만감이 큰 것도 사실이다.

　그 동안 혼자서 시간을 보냈던 여러 활동들을 돌아보았다. 먼저 짧은 여행들이 떠오른다. 지하철을 타고 한 번도 가보지 않았던 곳을 일부러 찾아가기도 했다. 버스 터미널로 가서는 생소한 목적지의 표를 구입해 가기도 하고, 따릉이 자전거를 타고 한강을 라이딩하거나 승용차를 몰고 그냥 북쪽이라는 방향만 잡아 올라가기도 했다. 어차피 정해둔 목적지가 없기에 중간에 마음 바뀌면 언제든 목적지 변경이 가능하다. 어느 곳으로 갈지 모르니 묘한 기대감도 있다. 이른 아침 카페가 문을 열 즈음에 들어가 장시간 앉아 있기도 한다. 무엇을 꼭 하는 것은 아니고 책을 읽거나 노트에 끄적이거나 창 밖을 멍하니 보며 머릿속을 비

워내는 시간을 가진다. 그러다 카페에 사람들이 몰려들 즈음 벗어나는데 조용한 오전 카페를 한껏 누리는 사치도 빼놓을 수 없는 혼자 노는 재미이다. 다소 침체됨을 느낄 때 재래시장을 구경하는 것도 재미난 혼자 놀이다. 활력 있는 상인들을 보면 그들의 에너지를 나도 받는 것 같다. 그냥 무작정 걷는 시간을 가져 보는 것도 좋다. 골목이 보이면 일부러 들어가 보기도 하는데 막다른 골목이라도 만나면 다시 돌아 나오는 재미도 있다. 도서관이나 서점에도 자주 가는 편이다. 그날 생각나는 한 가지 주제의 책을 여러 권 쌓아두고 마치 그 분야의 전문학자라도 된 것처럼 하루 동안 파고드는 재미가 쏠쏠하다. 공연장은 주로 아내와 가긴 하지만 가끔 혼자서도 간다. 객석의 제일 뒤편에 앉아 공연도 보지만 공연을 보는 사람들을 보는 재미도 있다. 국립국악당의 토요명품 공연은 한 동안 빠져 지내던 공연이었다. 대중에게 인기가 없어서인지 국악공연은 비용도 저렴하고 객석의 사람도 드물어 여유롭게 감상할 수 있는 공연이다. 최근에는 현대무용에도 재미를 들여 아예 국립현대무용단 일반회원으로 가입을 했다. 그 외 박물관이나 미술관, 세미나 등 주변에는 혼자서도 놀거리나 장소들이 꽤나 늘려 있다. 그래서 혼자서 무슨 재미라고 하면 그냥 미소 짓고 만다. 내가 뭐라고 하든 나를 이상한 사람 취급을 할 테니까. 하지만 지금도 나의 혼자 놀이 아이템들은 계속 늘어나는 중이다. 새벽에 글 쓰는 이 시간도 풍요로운 혼자만의 시간이다.

앞으로 나이 들수록 혼자 놀 수 있는 능력은 중요해질 것이다. 인간은 혼자라는 사실을 두려워하지만 우리 사회는 혼자 사는 노인의 비율이 점차 늘어나는 추세이다. 2019년 통계로는 전체 65세 인구 중 혼자 사는 노인의 비율은 19.5% 수준이었다. 노인 열 명중 둘은 혼자 사는 노인이라는 얘기다. 혼자 사는 노인이라 하면 경제적으로 어려운 삶을 생각하지만 꼭 그렇지도 않다. 안정된 삶을 살더라도 배우자가 먼저 세상을 떠났거나 미혼이나 이혼했을 수도 있는 노인들이 늘어나고 있다. 더구나 지금의 50대는 자식들과 함께 산다는 생각을 않는 다. 올해 90세를 넘긴 일본의 소설가 소노 아야코는 노인의 고독에 대해 이렇게 말한다.

"인간은 무리 지어 사는 동물이지만 고독에서는 자유롭지 못합니다. 자연 다큐멘터리를 보더라도 '무리에서 떨어졌다'라는 장면이 자주 등장합니다. 사람도 마찬가지여서 떨어질 수 있음을 각오하고 살아가야 합니다. 차라리 노년의 삶은 고독한 게 당연하다고 받아들이는 건 어떨까요. 사람은 모두가 외롭다, 그래서 나는 혼자가 아니다라고 자신을 달래는 것입니다."_소노아야코의 <노인이 되지 않는 법>중에서

노인의 일과는 고독을 견디는 것이고, 고독 속에서 나를 발견하는 것이라는 그녀의 말에서 혼자 태어나서 혼자 죽을 수 밖에 없는 인간의 태생적 한계를 느껴본다.

Chapter 2.

너와 함께 하는 재미

나의 관심은 변해간다

한 번은 딸아이가 이런 말을 했다. "아빠 책장을 보면 그 동안 아빠 관심사가 어떻게 변했는지 보이는 것 같아." 다른 집에 비해 책이 좀 많긴 하지만 무심히 지냈을 것 같은 아이가 그간 내가 사 모았던 책들을 유심히 보고 있었다는 게 대견하기도 했다. 아이의 말을 듣고 책장의 책들을 찬찬히 살펴보니 주제가 참 다양하긴 했다. 주로 경영이나 자기계발서가 많은 편이지만 우주, 물리 같은 자연과학 책도 더러 있고, 철학이나 불교, 심리, 명상 서적이 집중적으로 보이다가 최근에는 중국, 러시아, 은퇴 관련 책자가 자주 보인다. 정말 아이의 말대로 내 관심사가 이동한 게 한 눈에 보이는 것 같다. 또 한 편으로는 내가 저것들을 읽긴 한 것 같은데 머릿속에 남아 있긴 한 건가 라며 책 읽기에 대한 약간의 회의도 든다. 그래서 쉽게 버리지 못한다. 혹시 다시 꺼내볼 것 같아서다. 아내가 책 좀 버리라고 할 때마다 시늉은 하지만 버릴만한 책이 몇 권 안 되는 것 같다. 책에 관해서는 이것도 약간의 저장 강박증일지도 모르겠다. 비록 내용에 대한 기억은 없지만 한 때 고민했던 그런 주제들로 오늘을 잘 살고 있으려니 스스로 위안을 삼기로 했다.

그러고 보면 시기별로 저런 주제들을 고민할 때는 그만한 계기들이 있었던 것 같다. 50대를 넘긴 후에는 주로 불교나 심리, 철학에 대한 책과 러시아와 중앙아시아에 대한 책들을 구입하는 편이다. 이것도 계기가 있다. 주변 친지나 지인들의 죽음을 접하기도 했고 나 스스로 두 차례나 수술대 위에 눕는 일을 겪다 보니 존재의 차원에서 삶을 돌아보게 되었다. 그리고 러시아나 중앙아시아에 대한 관심은 우연히 떠난 블라디보스톡 여행으로 대륙이라는 손에 잡히지는 않지만 가슴 떨리는 화두를 품게 된 때문이었다. 무엇보다 감사한 건 때 늦은 서울살이로 도서관이나 각종 세미나를 통해 나의 호기심을 충족할 수 있는 창구가 다양해졌다는 데 있다. 서울에는 어떤 주제에 대한 자료를 찾으면 관련 모임이나 세미나가 한 두 개쯤 반드시 있어 그들과 새로운 교류의 장이 되기도 했다. 이리 보면 서울은 호기심 많은 사람들이 살기에 좋은 도시 같다. 내년에 비록 은퇴를 하더라도 내가 세상에 대한 호기심과 관심이 살아 있는 한 시간이 무료하다 거나 심심하진 않을 것 같다. 언젠가 친한 직장 후배로부터 은퇴 후 삶을 너무 장밋빛으로 그린다는 핀잔도 들었지만 모든 존재에게 자명한 죽음이란 걸 생각하면 은퇴란 가정적으로나 사회적으로 숙제를 어느 정도 마친 사람이 누리는 자유의 시간 같기도 하다. 그래 봤자 육신이 그나마 활동할 수 있는 10년 정도이다. 나이 70대에 접어들면 마음먹은 대로 뭘 그리 할 수 있을까 싶어서다.

요즘 관심거리에 대한 책을 하나 뽑아 본다. 사이토 다카시라는 분이 쓴 "50부터는 인생관을 바꿔야 산다"는 책이다. 밑줄을 꽤 많이 그었던 책이다. 아무데나 펼쳐 든 그 곳에 이렇게 적혀 있다.

"이제 '좋아요'는 필요 없는 나이다. 50세가 되면 자기 존재를 인정받고 싶은 욕구와 타협해야 한다. 아니 단정적으로 말하면 나이가 쉰쯤 되면 이제 남에게 승인을 받는 데 연연하지 않아도 된다."

그래서인지 요즘 무언가를 이루었다는 사람들을 보면 느끼는 마음이 예전과 좀 달라졌다. 부럽다는 마음이 아니라 "당신 좀 열심히 살았네" 정도의 마음이다. 누군가의 성과나 지위에 대한 부러움이 없어지는 시기인 것도 같다.

과거를 변화시키는 법

"오늘이 변하면 과거는 변한다. 과거가 오늘에 영향을 미치지만 오늘이 과거에 영향을 미치는 것이다."

_이 인 <나는 날마다 조금씩 강해지고 있다>중에서

과거와 현재, 미래는 시간의 순으로 연결되어 있다. 그리고 시간은 언제나 한 방향으로 흘러간다. 사람들이 타임머신을 주제로 한 영화에 몰입되는 이유는 현재라는 시간을 벗어나 과거나 미래로 가는 상상을 영화가 보여주기 때문이다. 시간여행을 할 수 있다면 무엇을 하고 싶으냐는 질문에 많은 사람들은 로또 1등 당첨번호를 미리 알아서 큰돈을 벌고 싶다고 한다. 괜찮은 생각이다. 자본주의에 사는 우리가 돈이란 것을 무시하고 살 수는 없는 법이다.

주말에 읽고 있던 <행복의 기원>이라는 책을 어디 다 뒀는지 몰라 찾고 있으려니 아내가 툭 건네는 말이 있다.

*아내: 누가 지은 거래?

*나: 연세대 서은국 교수일걸.

*아내: 교수면 유학도 갔다 왔겠네.

*나: 그렇겠지.

*아내: 돈 많이 들여 유학까지 다녀온들 교수가 한계인 걸 보면
가성비는 당신이 더 낫네.

*나: ????

무슨 말인지 안다. 나의 스펙으로 치면 명문대 교수에 비해 많이 부족하지만 그래도 나름 잘 살고 있다는 칭찬의 의미였을 게다. 그런데 이 말은 사실 생각할 여지가 좀 있다. 지금이 만족스럽지 못하면 아내가 저런 말을 했을 리 없기 때문이다. 과거는 바꿀 수 없다는 게 일반적인 상식이다. 그런데 사건 자체는 바꿀 수 없지만 의미는 얼마든지 달리 해석될 수 있다. 그런데 그 해석의 기준은 언제나 "오늘"이다. 지금 내가 좋으면 과거의 일들은 긍정적인 의미를 부여할 수 있지만 지금 내가 힘든 상황이면 과거의 의미는 부정적으로 변한다. 그래서 오늘이 변하면 과거도 변한다는 말이 성립된다.

<악동 뮤지션>은 이찬혁, 이수현으로 구성된 남매 듀엣으로 연예인 치고는 지극히 평범한 외모에 독특한 음악을 하는 가수들이다. 그

런데 해병대를 전역했던 이찬혁의 군 생활이 화제가 된 적이 있다. 고된 군 생활을 하면서도 끊임없이 노래를 만들었고 심지어 그가 작곡한 <해병승전가>는 공식군가로 채택되어 지금도 병영에 울려 퍼진다. 이를 두고 "호랑이는 죽어서 가죽을 남기고 찬혁이는 복무 중 군가를 남겼다"는 댓글이 달렸었다. 그동안 얼마나 많은 연예인들이 병역 기피로 대중의 관심에서 멀어졌던가를 생각하면 이찬혁의 알찬 군 생활은 분명 비교되는 면이 있다. 지금 나에게 닥친 일은 내가 어떻게 받아들이냐에 따라 과거와 미래의 의미가 달라진다. 우리에게 시간은 늘 현재만 있을 뿐이다. 지금 여기에 살라는 말은 선문답의 말만은 아닌 것 같다.

좀 재미있게 살아볼까

내 속엔 내가 너무도 많아

좀 지난 노래지만 조성모의 "가시나무"는 이렇게 시작된다. "내 속엔 내가 너무도 많아 / 당신의 쉴 곳 없네." 이 노랫말은 한 개인의 복잡성을 보여주는 것 같다. 열길 물 속은 알아도 한 길 사람 속은 모른다는 말도 있듯이 심지어는 스스로도 자신을 모르는 경우가 많다. 어쩌면 "나"라는 대상은 평생을 탐구 할만한 대상일지도 모른다. 사회 속에서 스스로를 규정짓는 인간은 타인의 평가와 신뢰를 무척 중요하게 여기게끔 진화되어 왔다. 원시시대에 사는 한 인간이 무리에서 배척된다는 것은 위험한 자연에 홀로 남겨지는 것을 의미하며 이는 곧 죽음으로 이어졌다. 그러면 무리에서 인정받고 신뢰를 받기 위해서는 어찌해야 했을까? 다른 이들이 좋아할 만한 행동을 일관성 있게 해 나가는 것이다. 아무리 좋은 행동일지라도 일관성이 없는 사람은 신뢰할 수 없는 사람으로 치부되어 불이익을 받았을 것이다. 그래서 일관성이 있다는 것은 인간 사회에서 칭찬받는 속성의 하나로 발전해 왔다. 사정이 이러하니 대부분의 사람들은 자신의 사고나 행동에 일관성이 결여되면 심리적으로 불편함을 느끼게 된다.

그런데 인간은 그리 단순한 존재가 아니다. 조성모의 "가시나무" 가사처럼 한 사람의 마음 속에는 다양한 형태의 '나'라는 존재가 있다. 단지 MBTI유형이나 혈액형, 별자리 만으로는 규정할 수 없는 것이 '나'라는 존재이다. 심리학 대담에서 "자기복잡성"이라는 말을 들었다. 개인의 세계가 다양할수록 실패를 딛고 일어서는 힘이 강하다고 했다. 예를 들면 이러하다.

여기 대기업에 다니는 한 직장인이 있다. 그는 남들이 부러워하는 대기업에 다닌다는 자긍심이 대단하고 직장 이외의 세계를 생각도 못한 사람이다. 그런데 어느 날 구조조정으로 퇴사해야 할 날이 왔다면 어떠할까? 그는 자신의 유일한 세계가 무너지는 경험을 할 것이다. 직장이라는 세계 외에는 생각을 못해 봤기 때문이다. 이런 사람은 심리적으로 상당히 취약한 상태에 놓이게 된다. 대부분의 성실한 직장인들은 직장 외의 다른 일을 하는 것에 심리적으로 거부감이 든다. 뭔가 해선 안될 것 같다. 심리적으로 일관성 법칙의 위배라는 프로그램이 작동하기 때문이다. 투잡, 쓰리잡을 가지란 말은 아니다. 그래도 세상은 넓고 할 일은 많다는 것을 이런저런 경험을 통해 알고 있는 사람들은 하나가 막히면 다른 것을 열어가는 유연성을 가질 수 있다.

사람마다 다르겠지만 자기의 세계가 하나인 사람들은 어쩐지 위태로워 보인다. 일관성 있게 가는 오직 한 길이 효율성 면에서 좋을 수도 있지만 그 길이 끊겼을 때는 다른 대안으로 눈을 돌리기가 쉽지 않다. 세상의 길이 얼마나 많은데 오직 한 길만 있겠는가. 요즘 나는 다양한 길을 시도해 보고 있다. 한 가지 원칙이라면 끌리는 것 위주로 하고 있다. 하다가 재미있으면 계속하고 아니면 그만 둔다. 그런데 이게 나름 긍정적인 면이 있다. 좀 더 다양한 사람들을 만나게 되고, 이전에는 생각도 못했던 일들을 하게 되고, 새로운 확장성도 생겨난다. 세상 일은 내가 나아가는 것만큼 넓어지는 것 같다.

사는 데는 이유가 없다

목적이란 말을 달리 해석하면 '존재의 이유'라고 한다. 전등의 목적은 불을 밝히는 것이고, 의자의 목적은 앉기 위한 것이다. 이처럼 인간이 만든 것들은 나름의 존재의 이유가 있게 마련이다. 그런데 인간을 벗어나 자연으로 넘어가면 목적이나 존재의 이유를 붙이기엔 무리수가 따른다. 태양의 목적은 무엇인가 태양은 왜 존재하는가라고 물을 때 지구상의 모든 생명체를 키우기 위해서라고 한다면 지나친 아전인수격 해석이 되고 만다. 별은 왜 존재하는가, 우주는 왜 존재하는가라고 묻는 것은 질문부터가 좀 이상한데 그것은 태초에 생겨나 그냥 있기때문이다. 이것은 사람도 마찬가지다. 나는 왜 존재하는가라고 묻는다면 태어났으니까 존재하는 거지 달리 할 말이 없다. 이처럼 애당초 없는 것을 자꾸 찾다 보면 결국 존재의 이유가 없다는 종착역에 이르게된다. 그게 뭔가? 사라짐이다. 굳이 그럴 필요가 있는가. 그러니 세상에 존재하는 어떤 것들은 그냥 이유 없이 존재하는 것들도 있음을 받아들이자. 자연을 이루는 대부분의 것들이 그렇다. 오죽했으면 자연이란 한자가 스스로 자(自) 그러할 연(然)이겠는가.

삶에는 목적이 없다. 존재에는 이유가 없다는 말이다. 태양이나 달이 존재하듯 사람도 그냥 존재하고 살아가면 된다. 괜히 있지도 않은 삶의 목적이니 존재의 이유를 찾느라 시간낭비 할 필요가 없다. 태어났으니 그냥 살면 된다. 그런데 이런 문제는 남는다. 비록 삶에는 목적이 없지만 살아가는 방법은 다르다 보니 어떻게 살 것인가라는 방법론적인 문제는 남게 된다.

어떻게 살 것인가?

일단 육체를 잘 유지해야겠다. 먹여주고 재워주고 운동도 시켜주고 살아있는 동안 큰 고장 나지 않게 잘 관리해야 한다. 이게 되어야 다른 것들을 도모할 수 있다. 그렇다고 이것만 챙기기에는 좀 허전하다. 다른 동물들과 크게 다를 바가 없기 때문이다. 그래도 명색이 인간으로 태어났는데 한평생 내 육신만 챙기다 가기에는 아쉽다. 그래서 두리번거리며 주변을 돌아보게 된다. 그런데 세상에는 나 외에도 존재하는 것들이 많다. 이제 그들과의 관계를 하나씩 맺어간다. 이것을 인연 맺기라고 하자. 그게 다른 사람이든 자연이든 아니면 물건이든 간에 우리의 인연 맺기는 정말 다양하게 전개된다. 그리고 이왕이면 서로에게 좋은 인연 맺기가 되었으면 한다. 이번 코로나처럼 인간이 자연과 인연을 잘못 맺으면 이렇게 고통을 당하게 된다. 좋은 인연은 나도 좋고 너도 좋은 인연이다. 어느 한 쪽만 좋으면 좋은 인연이 아니다.

관계를 잘 맺기 위해서는 뭘 해야 할까? 소통이 필요하다. 적어도 상대의 처지를 이해할 수준은 되어야 소통이 시작된다. 처음부터 소통은 어려우나 서로를 알아가다 보면 소통이 시작되고 소통이 시작되면 관계 맺음이 진행된다. 그리고 좀 낯선 경험들을 즐겨보자. 이것은 새로운 관계 맺음이다. 어떻게 살 것인가 하는데 어둡고 무거운 의무감으로 칙칙하게 살아 가기엔 우리 생이 너무 짧은 것 같다.

네가 선택하고 책임도 져라

인생이란 내가 선택하고 그 결과를 내가 책임지면 돼요. 그래서 원망할 것도 후회할 것도 없습니다. <법륜스님>

어떻게 보면 세상을 살아가는 일은 참 간단할지도 모른다. 내가 선택하고 그 결과에 대한 책임을 내가 지겠다는 마음만 낸다면 말이다. 문제는 선택은 내가 해놓고 책임은 안 지려고 이리 피하고 저리 피하다 보니 삶이 힘들어지는 것은 아닐는지. 물론 그 때문에 많은 변호사들이 먹고 사는 것이겠지만 세상에는 선택에 따른 책임을 회피하려는 경우가 많다.

저녁의 습하고 더운 날씨에 뒤척이다 바람이나 쐴 겸 집을 나섰다. 천천히 아파트 주위를 도는데 골목에 못 보던 간판 하나가 눈에 띈다. 배달전문 찜닭집인데 아마 최근에 오픈 한 모양이다. 그냥 지나치려는데 안에 젊은 사장 둘이서 주방에서 조리하는 모습이 비쳤다. 이런 코로나 시국에 청년들이 가게를 연 것도 대단한 용기다 싶어 그냥 개업 기념 매출이나 올려주고 싶어졌다. 문을 열고 들어가니 의외라는 눈치다. 배달전문이라 내방고객은 드문 모양이었다. 주문을 하고 20분 정도 기다리니 찜닭이 나온다. 개업 3일차라며 연신 고맙다는 인사를 하는 사장의 이마에 땀방울이 송글송글 맺혀있다. 그의 눈빛에서 삶의 의욕을 보았다. 계속 잘 되었으면 싶다.

찜닭을 들고 집에 오니 딸들이 땀을 식히고 있다. 자격증과 토익 스팩을 준비하느라 늦게까지 공부하고 온 아이들과 찜닭을 앞에 두고 마주 앉았다. 지치고 힘든 모습에 안쓰러운 마음도 있는데 보아하니 자신들의 이런 준비들이 과연 의미가 있는 건지 회의도 생기는 모양이다. 무언가를 한다고 잘 된다는 보장은 없지만 안 할 수도 없는 것이 이 시대 청년들이 짊어진 짐이다. 그냥 좀 큰 그림을 보여주고 싶은 마음에 나에게 스쳐 지나간 몇몇 친구들의 이야기를 해주었다.

친구1

그는 군생활을 함께 한 ROTC 동기였다. 서울의 명문대 출신으로 80년대 선망의 직장이던 대기업 증권사에 미리 합격을 하고 군에 입대했다. 하지만 제대할 즈음 증권사의 인기는 시들해 졌고 그는 당시 새로 설립된 은행에 입사를 했다. 서울 출장 길에서 만난 그의 모습은 사회생활에 자신감 있는 모습이었다. 하지만 IMF 사태로 그 은행은 문을 닫았고 그 친구는 지금껏 연락이 끊어진 상태이다.

좀 재미있게 살아볼까

친구2

　　그도 역시 나와 같이 군생활을 한 동기였다. 지방대 국문과라는 애매한 전공으로 나와 함께 입사시험을 보았다. 하지만 나는 합격하고 그는 떨어졌다. 나중에 듣자니 보험사에 입사해 영업을 하다가 1년 만에 그만두고 보험사에서 만난 여친이 경제적 지원을 하고 경찰간부시험을 준비한다는 얘기까지는 들었다. 그리고 그는 그 어려운 시험을 합격하고 승승장구하여 지금은 신망 받는 총경으로 근무하고 있다.

친구3

　　그는 대학 동기였다. 80년대 당시 조경은 건축이나 토목의 공사 규모에 비해 아주 미미했었다. 그런데 그는 그 중에서도 설계로 진출하겠다고 했다. 우직함은 익히 알고 있었지만 건축사무소 유지도 어려운데 조경설계만으로 밥벌이가 될까 싶었다. 그리고 30년이 지난 지금 그는 대한민국 조경업계의 설계 감리부문의 큰 인물이 되어 있었다. 당시는 꿈만으로 자신의 진로를 결정하던 그가 참 무모해 보였는데도 그렇다.

　　인생은 어떻게 변할지 모른다. 과거와는 달리 계층간 격차는 넘을 수 없는 벽이라고 하겠지만 그래도 앞 일은 알 수 없다는 게 경험으로 체득한 나의 지혜다. 그러니 지금 오지 않은 미래에 대해 너무 고민할 일은 아니다. 살면서 느끼는 건 인생은 선택과 그에 따른 책임이었다. 그리고 아무리 선택이 힘들어도 남에게 떠넘겨서는 안 된다. 잘 되면 몰라도 안 되었을 때 후회하고 원망하는 마음이 일어난다. 스스로 선택하고 그 책임도 기꺼이 안으려는 자세를 가져야 한다. 지금 좋다고 앞으로도 좋다는 보장도 없고 지금 어렵다고 앞으로도 어려울 거라는 확신도 없는 게 우리 삶이다. 법륜 스님은 지금 좋은 것은 재미난 것이고 앞으로도 좋을 것은 유익한 것이라 했다. 인생은 재미도 있고 유익한 게 좋은 법이다. 이는 선택의 기준으로 삼을 만 하다.

좀 재미있게 살아볼까

오늘은 가장 젊은 날

한 가지 질문을 받았다. 당신은 10년 전에 비해 얼마나 달라졌는가? 생각해 보면 많이 달라졌다. 나의 취향, 사람들을 대하는 태도, 그 사이 일어났던 많은 경험치 들로 인해 10년이 지난 지금의 나는 과거에 비해 정말 많이 변화된 모습이다.

그리고 두 번째 질문을 받았다. 앞으로 10년 후 당신은 얼마나 달라질 것 같은가? 10년 후의 나는 적은 나이가 아니다. 65세 정도인데 노인이 되는 것 외에 뭐 그리 변화가 있을까 싶지만 그 안에 하고자 하는 것들을 실행했다면 꽤 많은 변화는 있을 것 같다.

이처럼 대부분의 사람들은 자신의 지금 모습이 과거 10년 전에 비해서는 많이 변했음을 인정하지만 다가올 10년 후에 어떻게 변할 것인지에 대해서는 큰 변화가 없으리라 여긴다. 그냥 막연히 변했을 것이라는 생각은 하지만 어떻게 변했을지는 지금의 연장선상에서 생각할 수 밖에 없기 때문이다. 일례로 10년 전의 우리가 전 세계 코로나 팬데믹을 상상이나 했겠는가. 심리학자 댄 길버트 교수에 따르면 "사람들은 과거의 자신은 현재와 확연히 다르다고 인정하면서도 자신의 미래는 현재와 다를 바 없을 것이라 가정한다"고 했다. 그는 이러한 현상을 "변화가 끝날 것이라는 착각"이라고 했다.

내 아버님이 지금의 내 나이셨을 때는 30년 전이셨다. 당시 나는 26세였는데 군 전역 후 갓 사회생활을 시작하던 때였다. 당시 아버님을 회상하면 암 수술 후 사업에서 손을 떼셨고 당신의 승용차를 운전하시면서 가끔 친구들의 모임에 나가시거나 집안 행사를 다니신 것 말고는 특별한 활동이 없으셨다. 그럼에도 당신의 막내가 교장 선생이 되고 딸은 호주에서 살 것이며 늘 가까이 있을 것 같았던 큰 아들이 훌쩍 서울로 갈 것이라고는 당시에는 생각을 못 하셨을 것 같다. 심지어 당신의 동생이 먼저 세상을 떠나리라고 상상이나 하셨을까? 아버님은 은퇴 후 큰 변화가 없을 삶이라 여기셨겠지만 그럼에도 크고 작은 변화들이 있었다.

앞으로 나에게 닥칠 10년 간의 변화는 현재로서는 상상이 안 된다. 다만 내일은 오늘과 별 다를 바 없이 진행되겠지만 그것이 쌓이고 쌓여 내 나이 65세가 되었을 때 그것은 정말 큰 변화일 것이다. 다만 지금 상상이 안 될 뿐이다. 그 중 가장 큰 변화는 직장생활의 은퇴 정도로 여겨지지만 그것도 내년이라는 눈 앞의 현실이라 그리 보일 뿐이다. 정작 은퇴 후 2년만 지나면 그것도 별일 아닌 지나간 일이 되어 있을 것이다. 그땐 내가 뭘 하고 있을지 나도 궁금하다. 그러니 변화에 좀 유연한 자세를 취할 필요가 있다. 오늘은 내 인생의 남은 날들 중 가장 젊은 날이다. 너무 안주하려고만 말고 감당할 수 있는 리스크 수준에서는 새로이 시도하고 도전하는 일을 할 필요가 있다. Why Not? 안 될게 뭐람.

경주 가는 길에

"고정관념을 내려놓아야 유연해지고 늘 상황에 맞는 적절한 길을 찾게 됩니다. 이것을 불교의 근본 가르침에서는 '중도(中道)'라고 하고, 금강경에서는 '무유정법(無有定法)'이라고 하고, 반야심경에서는 '공(空)'이라고 합니다."

예전에는 신문에 났더라 TV 뉴스에 나왔더라고 하면 그게 진실인 걸로 알았다. 비록 언론이 권력의 하수인 노릇을 하더라도 보도 내용의 진실성에는 무게감을 실어주던 호시절이었다. 하지만 지금은 달라졌다. 1인 1스마트폰 시대에 사람들은 자신의 입맛에 맞는 뉴스를 선택하며 다양한 매체를 통해 외부의 정보를 습득한다. 문제는 너무 많은 정보들 속에 거짓과 진실을 구분하기 어려워 졌다는 데 있다. 이제는 신문에 났더라고 하면 어느 신문이냐고 묻고 그 신문이 자신의 성향과 맞지 않으면 내용 자체를 무시하는 경향도 보인다. 오히려 대중매체보다 나와 비슷한 생각을 가진 개인 유튜버들의 방송을 선호하며 자신의 믿음을 강화시키는 도구로 삼기도 한다. 그런데 이게 좀 위험하다. 내가 생각하는 것이 틀릴 수도 있기 때문이다.

좀 다른 이야기지만 개인적으로 친한 경상도 스님 한분이 계시다. 중국 운남 트레킹에서 만난 인연으로 그 후로도 가끔 연락을 하며 편하게 지내는 사이가 되었다. 한 번은 정말 호기심에서 여쭈어 보았다.

　* 나: 스님, 평소 궁금한 게 있는데요, 항간에는 중이 제 머리
　　　못 깎는다는 말이 있잖아요. 정말 그런가요?

　* 스님: 장 거사, 그거 말짱 헛소리야. 요즘 중들은 자기머리
　　　자기가 깎아. 전기 바리깡이 너무 좋아서 머리 깎는 거
　　　일도 아니야. 그 말은 옛날 칼로 중머리 깎을때 이야긴데
　　　잘못하면 칼에 베어 피도 나고 그랬지. 그땐 정말
　　　중이 제 머리 못 깎던 시절이었지.

　같은 일도 시대가 달라지면 다른 방식으로 해야 한다. 하지만 변화를 모르는 사람들은 자신이 보거나 들었던 예전의 경험에 비추어 자신의 생각을 고집한다. 이래서는 스님들이 전기 바리깡으로 수시로 제 머리 깎고 있는 현실인데도 여전히 중이 제 머리 못깎는다는 소리를 하게 된다.

　얼마 전 운남에 함께 갔던 벗을 만났을 때 스님 생각이 나서 오랜만에 연락을 드렸었다.

　* 나: 스님, 잘 지내시죠.

오늘 친구와 차를 마시다 전화 한 번 드렸습니다.

* 스님: 장 거사, 나도 보고 싶으니 둘이서 한 번 내려오소.

* 나: 네, 조만간 한 번 뵙겠습니다.

그래, 사람이 그리우면 만나러 가야 한다. 만남은 거리의 문제가 아니라 마음의 문제니까. 주말을 보내고 하루 휴가를 냈다. 나는 지금 경주로 가고 있다.

한 학기를 마치면서

마침내 대학원의 한 학기가 끝났다. 그 동안 나를 성가시게 했던 마지막 과제를 제출하고 나니 속이 다 시원했다. 과제 하느라 주말도 없이 머리 싸매고 있는 나를 지켜보던 아내는 사서 고생한다고 타박을 주었다. 틀린 말도 아닌 것이 이미 취득한 경영학 석사에 이어 이번이 두 번째 석사 과정이기 때문이다. 하지만 이것은 하고 싶어 하는 공부여서 놀이라 할 수 있다.

매일 글쓰기는 오늘이 714일째를 맞았으니 참 질기게 이어오는 아침행사이다. 그런데 어쩌다 여기까지 오게 되었을까? 글쓰기 훈련은 많이 읽고, 많이 생각하고, 많이 쓰는 게 전부라고 한다. 문제는 읽고 생각하는 건 되겠는데 많이 쓰는 일은 참 어려운 작업이다. 그런 면에서 지금까지 무언가를 계속 쓰게 했던 방법에 대해 정리해 두면 향후 다른 일을 할 때도 참고가 될 것 같아 정리해 둔다.

첫째, 처음에는 우호적인 독자가 필요하다.

　　혼자 글을 쓰고 간직하는 게 아니라면 나의 글을 읽어 줄 독자가 필요하다. 그런데 이게 참 쑥스럽고 낯간지러운 일이다. 그렇다고 가족들은 너무 가깝다 보니 긴장감이 떨어진다. 다행히 내 주변에는 나의 글에 긍정적 반응을 보여주신 분들이계셨고 그 분들을 독자로 삼아 매일 글쓰기는 그렇게 시작되었다. 처음부터 너무 전문적인 비평을 접하면 기가 꺾여 계속하기 어려우니 시작은 우호적인 지인들을 독자로 삼는 것이 글쓰기 훈련에 좋을 것 같다. 하지만 매일 보는 직장 동료는 독자로는 좋지 않은데 이런저런 신경이 쓰이기 때문이다.

둘째, 매일 써 본다.

　　우호적인 독자들 때문에 계속 쓰게 된다. 700일 정도 매일 글을 받다 보면 이제 스팸 메일처럼 느껴지지 않을까라는 조심스런 마음도 생긴다. 그런데 이런 마음이 들면 위축되어 더 이상 쓰지 못할 것 같아 좀 뻔뻔해지기로 했다. 구독 중단이라는 요청이 있으면 당연히 그러겠지만 그게 아니라면 계속 보내드리기로 한다. 보내는 건 나의 마음 읽는 것은 독자 마음이라고 나름 정리를 해 두었다. 혹시 나중에 내가 대중에게 인정받는 작가라도 된다면 그 동안 내 글을 받아주신 분들을 초청해 감사의 자리라도 만들고 싶다.

셋째, 중간지점의 목표설정을 해 둔다.

100회씩 끊어 작은 행사 하기, 공모전 참여하기, 대학원 진학하기, 브런치 작가 되기, 문단에 등단하기, 책 쓰기 등이 지난 700여일 동안 중간 목표로 설정해서 진행 했고 또 하고 있는 내용들이다. 글쓰기란 너무도 길고 끝없는 작업이라 눈에 보이는 중간 성과들이 좋은 자극이 되었다.

대학원 3학기를 마친 지금 또 하나의 고개를 넘었다는 느낌이다. 글쓰기를 통해 좋은 분들과 교류의 범위도 넓어졌고 몇 가지 미래 구상도 갖게 되었다. 직장과 집이라는 틀에서 벗어나 제3의 영역이 생긴 것이다. 그 자체로도 감사한 일이다.

길이 있는 곳에 뜻이 있다

"제가 살아보니 뜻이 있는 곳에는 길이 없는 경우가 많습디다. 오히려 길이 있는 곳에서 뜻을 찾는 것이 맞을 것 같습니다". 정재찬 시인이 강연 중에 했던 말이다. 저 말이 저렇게 달리 다가올 수도 있구나 싶다. 뜻이 있는 곳은 대부분 남들과의 경쟁이 심한 곳이고 그 뜻을 이루는 사람은 극히 일부인 경우가 대부분이다. 그래서 뜻이 있는 곳에 길이 있다는 말만 믿고 무작정 가다 보면 낭패를 당하기 쉽다. 마음대로 안 되는 게 인생이다. 그런데 그게 그리 나쁘지 않다. 어쩌면 내가 사는 인생의 큰 뜻은 어떤 우연으로 가게 된 이 길 위에 있는 것인지도 모른다. 등산을 갔지만 중간에 포기하고 근처의 바다로 가는데 가지 못한 산에다 미련을 두고 있다면 바보 같은 짓이다. 바다는 바다대로 의미 있는 풍경이 있다. 내가 가지 못한 산에다 의미를 두니 실패한 것이지 지금 가고 있는 바다에 의미를 두면 성공한 것이 된다. 산을 오르지 못해 실패한 게 아니라 내가 바다에 가면서 산에다 의미를 두니 실패한 것이다.

은행에서 대출업무를 볼 때의 일이다. 어느 날 신용대출을 문의

하는 전화를 받았는데 직업을 물으니 공무원이라고 했다. 필요서류로 재직증명서와 1년치 소득이 나타난 연말정산서를 안내했다. 다음날 점잖은 두 분의 신사가 지점을 방문했다. 전화 문의를 했던 분이 대출을 받는다고 하니 옆의 동료도 받겠다기에 서류를 준비해 함께 왔다고 했다. 재직증명서를 보니 지방법원 판사들이었다. 대출을 처리하며 서류상에 나타난 판사들의 소득을 유심히 보게 되었다. 당시 두 사람은 나와 비슷한 나이였는데 생각보다 그리 높은 소득은 아니었다. 많은 대출을 취급했지만 판사에게 대출을 해 준 경우는 그 때가 처음이라 지금도 기억에 남아 있는 한 장면이다. 이런 그림을 그려본다. 누군가 사법시험을 준비하다 계속 떨어져 은행에 입사를 했다. 그리고 어느 날 비슷한 연배의 판사 한 분이 대출을 받는데 소득수준이 자신보다 못하다면 어떤 마음이 들까.

인생은 가까이서 보면 비극, 멀리서 보면 희극이라는 말이 있다. 페북이나 인스타에 올라오는 글이나 사진들을 보면 다들 멋지게 인생을 즐기며 사는데 나만 힘겹고 초라하게 지내는 것 같은 생각도 든다. 하지만 대부분은 비슷하게들 살아간다. 어쩌면 자신의 부족함을 감추기 위해 더 열심히 광고하고 있을지도 모를 일이다. 쇼윈도 부부라는 말처럼 TV에서 그렇게 다정하고 좋아 보이더니 갑자기 파경이라는 소식이 나오는 것과 비슷하다. 그런 소식을 접하는 마음은 그들도 별반 다르지 않구나 하는 안도감일지도 모른다. SNS에 가장 이상하다 여겨지는 것이 혼자 있고 싶다면서 멋진 배경으로 찍은 자신의 모습을 올리는 것을 볼 때이다. 끝없이 남의 시선을 의식하며 자신을 규정짓는 것 같아 안쓰럽기도 하다.

우리의 삶은 뜻을 두고 길을 찾는 방식도 있지만 길을 가면서 뜻을 찾는 방식도 있다. 몸은 바다로 가면서 마음이 산에 가 있다면 실패한 게 되지만 몸과 마음이 함께 가고 있다면 그것은 성공이 된다. 인생살이에 오직 이 한 길이란 없다. 성공과 실패는 마음먹기에 달렸다는 말이 사실은 길을 가면서 뜻을 찾는 데 있지 않을까 한다.

나이는 숫자에 불과하다

나이는 숫자에 불과하다?

　　대한민국은 나이에 따른 서열화가 암묵적으로 인정되는 사회이다. 다른 나라도 크게 다르지는 않겠지만 언어에 존칭어가 많다는 것은 그 정도가 더욱 심하다는 반증이다. 그런 사회 그것도 보수성이 강한 정치권에서 30대 당대표가 선출되었다. 코로나로 많은 변화가 있지만 정치권에서도 이런 이변이 일어날 줄은 몰랐다. 만일 종래와 같은 상황이라면 전국의 버스를 동원해 당원들을 체육관으로 실어 나르고 돈 봉투가 난무하는 전당대회가 열렸을 것이고 후보의 조직력, 재력이 없다면 지금과 같은 상황은 꿈도 못 꾸었을 것이다. 하지만 지금은 코로나 시대이다. 후보들의 설전과 토론, 이슈에 대한 주장이 고스란히 방송을 타고 개인의 휴대폰으로 들어왔다. 역대 정치권의 전당대회가 이처럼 흥미진진 했던 적은 없었다. 30대 후보의 논리 정연한 날 선 공격에 다선의 후보들이 쩔쩔매는 모습을 보는 것은 정말 재미난 장면이었다.

　　'선생님'이란 말을 쓴다. 글자 그대로 풀이하면 먼저 태어났다는 의미이다. 예전 역사학자 이병한 교수의 강의를 듣는데 '후생님'이라는 단어를 쓰기에 신선했던 기억이 있다. 나중에 태어난 사람이라는 뜻이지만 그 말이 왜 그리 이상하게 들렸을까? 나이 어린 사람에게 그런 존칭을 붙여 본 적이 없어서다. 나이가 들었다는 사실로 당연히 존중을 받아야 하고 어리다는 이유로 하대해도 된다는 건 지극히 꼰대 같은 발상이다. 머리로 그 정도는 안다. 그런데 마음은 달랐나 보다. 말은 생각의 그릇이고 특히 호칭은 상대에 대한 존중의 표현이다. '선생님'이 있으면 '후생님'도 당연히 있어야 했다. 그런데 한 번도 그런 생각을 해 본적이 없었다는 게 오히려 이상하다. 선생과 마찬가지로 후생에게도 '님'이라는 존칭을 붙여 존중의 뜻을 보이는 사회는 세대갈등이 대폭 줄어든 아주 멋진 사회일 것이다.

　　나이 들었다는 게 벼슬은 아니다. 내가 나이 들었다는 이유로 어린 사람으로부터 당연히 존중을 받아야 한다는 생각은 버려야 한다. 어른이란 생물학적 나이가 아니라 그의 언행으로 판단되어야 한다. 금번 보수의 온상이라는 제1야당에서 30대 당대표가 선출되는 것을 보며 다시 한 번 우리 사회의 역동적인 면을 보게 되었다. 국민은 일류, 정치는 삼류라는 말도 있었지만 이번을 계기로 정치권에 불어 올 변화의 조짐도 보게 된다. 아울러 개인적으로는 선생님 못지 않게 후생님에 대한 존중의 마음을 내어 본다.

　　　　　　　　　　　　　　　　　　　　좀 재미있게 살아볼까

지금 사는 곳이 좋은 곳

경북 봉화에 근무하고 있는 옛 동료가 교육 참석차 서울로 온다기에 당시 함께 근무했던 직원과 보기로 했다. 직장의 인연들이란 대개 시절 인연이기에 그 자리를 떠나면 계속 이어지기가 어렵다. 이번처럼 20년이 넘도록 만남이 이어지는 경우가 드물기는 하다. 우리에게 이런 만남이 가능했던 것은 비슷한 젊은 나이에 IMF라는 어려웠던 시절을 함께 했기 때문인가 싶다. 당시는 야근이 일상일 정도로 버거웠지만 남녀 젊은 직원들로 구성된 사무소 분위기는 언제나 밝고 좋았다. 신혼의 새댁은 이제 지점장이 되었으니 우리를 거쳐간 세월의 흐름이 예사롭지가 않다. 두 사람이 여성이다 보니 술 자리 보다는 차가 좋을 것 같아 중국 찻집으로 이끌었다. 대화 중에 쉼 없이 찻물을 우려내는 나의 손길이 바빴다. 서울과 시골살기를 비교하며 대화 내내 깔깔거렸는데 그 중 은퇴를 앞둔 한 직원이 오랜 도시생활을 청산하고 은퇴 후에도 머물 계획으로 전원주택에 살며 일어난 재미난 이야기가 있었다. 하루는 근무시간에 부인에게서 다급한 전화가 왔는데 집에 뱀이 들어와 기겁하는 내용이었다. 그 후 그 직원의 부인은 부부가 그토록 꿈꾸어 왔던 전원생활을 때려 치고는 다시 도시로 들어갔다고 한다. 결국 그 직원은 은퇴 시까지 넓은 전원주택에 혼자 살며 은퇴를 맞이했다고 한다. 우리는 부엌에서 또아리를 틀고 혀를 날름거렸을 뱀을 보고 그 부인이 얼마나 놀랐을지 상상하니 그냥 웃음만 났다.

많은 사람들이 은퇴 후 시골에 정착해 맑은 공기 마시며 텃밭 일구는 전원생활을 꿈꾼다. 나는 일찌감치 그런 생각을 접었는데 일찍이 내 부모님의 사례를 보아서다. 두 분은 도시에서 생활하신 분이지만 은퇴 즈음에 시골에 작은 집을 하나 마련하셨다. 앞에는 강이 흐르고 뒤에는 산이 있는 아담한 마을의 집이었다. 문제는 접근성이었다. 집에서 차를 타고 거의 두 시간 걸리는 곳이다 보니 자주 갈 수가 없었다. 게다가 한 번 가기라도 하면 비어있던 시간 동안 마당 가득 잡초들이 올라와 반나절 풀을 베어야 했고 먼지 쌓인 집안 곳곳을 청소해야 했다. 그렇게 주말 한 나절을 익숙지 않은 노동으로 진을 빼고 나면 저녁에는 모기 때문에 잠을 설친다. 식사라도 준비할라 치면 주위에 상점도 없는 곳이라 읍내까지 차를 타고 20분가량 나가야 했다. 두 분은 손자손녀들이 마당에서 뛰어 놀고 물놀이 하는 모습을 상상하셨는지 모르지만 도시에 사는 자식들이 주말마다 시골집에 가는 것은 있을 수 없는 일이었다. 다행히 수년 후 주변 도시의 확장으로 손해보지 않고 집을 팔긴 했지만 두 분은 그 시골집으로 인해 마음 고생을 꽤나 하셨던 모양이다. 시골집 관리 때문에 주말에 다른 일을 못할 정도였다고 하니 오죽하셨을까 싶다.

좀 재미있게 살아볼까

도시인들은 자연 속에 사는 것에 막연한 로망이 있다. 하지만 이상과 현실이 다르듯 전원생활도 그러하다. 요즘은 생활기반은 도시에 두고 원하는 곳에서 한두 달 살다 오는 체류형 전원생활을 즐기는 사람도 있다. 이것의 장점은 부동산을 구입하지 않아도 되니 자금이 묶이지 않고 관리에 부담이 없다. 사는 곳에 얽매이지 않으니 국내에서도 살아보고 외국에도 살아보는 등 다양성도 누릴 수도 있다. 그러다 어느 곳이 정말 좋다면 그 곳에 정착하는 방법도 있겠지만 처음부터 익숙한 도시생활을 떠나 전원생활로 들어가는 것은 분명 큰 도박이다. 세상에는 좋아 보이는 것들이 많지만 꼭 좋다고 장담할 수는 없는 법이다.

꽃을 보듯 너를 본다

    불교에서의 정을 끊는다는 의미를 조금은 알게 되었다. 어린 시절 아버지로부터 학대 받은 한 질문자가 성인이 된 지금까지 트라우마에서 벗어나지 못하고 있다며 법륜스님께 조언을 청하니 그만 정을 끊으라고 하셨다.

    누군가와 정을 끊는다는 말은 이제 남남이 되어 다시는 보지 않는다는 말인 줄 알았으나 그런 의미가 아니었다. 지금껏 알고 지낸 사람과 정을 끊어 다시는 보지 않는다고 하면 마음에는 그에 대한 미움, 증오의 감정이 남아 있는 상태이다. 그것은 진정으로 정을 끊은 것이 아니다. 여전히 부정적 감정으로 상대와 연결된 채 살아가기 때문이다. 정말 정을 끊은 사람이라면 좋은 감정도 나쁜 감정도 없는 상태에 머무르는 사람이다. 지하철에서 어느 노인이 무거운 짐을 끌고 계단을 오른다 치자. 내가 여건이 되면 도와드리지만 갈 길이 바쁘면 그냥 지나칠 수 밖에 없다. 정을 끊은 상태는 지하철의 그 노인과 당시 나의 관계 같은 것이다.

두 스님이 길을 가는데 소나기를 만났다. 눈 앞에 보니 개울이 있는데 물이 제법 불어 있었다. 그런데 어떤 미모의 여인이 개울을 건너지 못해 발을 동동 구르고 있자 한 스님이 등을 내어주고는 여인을 업고서 개울을 건네 주었다. 그리고 두 스님은 다시 길을 떠났는데 다른 한 스님이 여인을 업었던 스님에게 수행자가 해선 안 될 일을 했다며 비난을 했다. 그러자 여인을 업었던 스님은 "여보게, 나에게는 그 여인이 없는데 자네에겐 아직도 그 여인이 남아 있네 그려"라고 했다.

우리는 많은 관계 속에 살아간다. 어떤 관계는 죽고 못사는 좋은 관계도 있지만 또 어떤 관계는 서로 잡아먹지 못해 으르렁거리는 관계도 있다. 남을 미워하면 누가 괴로운가? 내가 괴롭다. 남을 좋아라 하면 누가 좋은가? 역시 내가 좋다. 내가 누군가를 미워한다고 상대가 고통을 받는 것도 아니고 그 미워하는 괴로움은 고스란히 내가 감당해야 하는데 이는 바보 같은 짓 아닐까? 미워하지 않는 것이 좋아한다는 것은 아니다. 좋고 싫고를 벗어나 매이지 않는 관계가 진정 정을 끊은 관계임을 알게 된다.

내가 산을 좋아하고 꽃을 좋아한다지만 산이나 꽃이 나를 좋아한다고 한 번이라도 말을 한 적이 없다. 그럼에도 내가 좋아하는 것에는 아무런 문제가 없다. 그런데 유독 사람이 사람을 좋아하는 데는 여러 문제가 일어난다. 상대에 대한 기대감이 있기 때문이다. 내가 너를

이 만큼 좋아하니 너도 나에게 그 만큼 돌려 달라는 기대감이다. 그게 충족이 안 되면 이제는 괴롭고 상대에 대한 미운 감정이 일어난다. 이 것은 주고받는 비즈니스 관계와 같다. 누군가를 좋아하려거든 제대로 좋아해야 한다. 꽃을 보듯 산을 보듯 그 사람이 있다는 것으로 그냥 좋은 마음, 내가 그를 좋아하는 것은 나의 마음, 그가 나를 좋아하고 말고는 그의 마음. 좋아하는 대상에게 나를 좋아해 달라는 기대함이 없을 때 우리는 제대로 좋아하는 마음을 누릴 수 있다.

기대가 없으면 실망도 없고 누군가를 좋아하면 내가 좋은 것이다. 바람직한 인간관계는 제대로 좋아하거나 아니면 정을 끊는 것으로 해야지 누군가를 미워해서 스스로를 괴롭히는 어리석은 짓은 당장 그만 두어야겠다.

좀 재미있게 살아볼까

당신은 언젠가 짤린다

"언젠가 짤리고 회사는 망하고 우리는 죽는다"

세바시 유튜브를 보다가 얻어 걸린 말이다. 강사는 회사에 첫 출근을 했는데 저 말이 모니터에 뜨기에 충격을 받았다고 한다. 첫 출근한 직원의 모니터에 열심히 일하자는 말도 아닌 너는 언젠가 짤릴 것이고 회사는 망할 것이고 우리는 죽을 것이란 팩트를 공격하는 자신 있는 회사가 어딘지 궁금하긴 하다. 맞는 말이다. 그래서 어쩌라고?

강연자는 그 후로 회사와 자신을 분리하게 되었으며 어떤 결정을 내릴 때 자신의 행복 위주로 선택하게 되었다고 한다. 특히 딸 아이가 태어났을 때는 아빠 육아 휴직을 내었다고 했다. 그러고 보니 나도 비슷한 경우를 겪었다. 제도적으로 아빠에게 육아 휴직제도가 도입된 것은 불과 수년 전의 일이다. 사실 그런 제도가 있는지도 몰랐다. 함께 근무하던 직원이 맞벌이하는 아내가 출산을 하고 아이 돌볼 사람이 없다며 아빠 육아 휴직을 신청하기에 별도로 면담을 가진 적이 있었다. 그는 우리 회사 최초의 아빠 육아 휴직 신청자였다. 그런데 당시 나는 꼰대 였나 보다. 그 직원에게 직장이란 경쟁의 세계인데 육아 휴직을 다녀오면 동기들에 비해 뒤쳐지는 것 아니겠냐고 했다. 그는 나에게 다시 한 번 생각하겠다고는 했지만 기어이 아빠 육아 휴직을 신청했다.

어제 세바시 강의를 듣다가 그 직원이 생각났다. 그런데 그가 아빠 육아 휴직 1호가 된 이후 2호, 3호가 연달아 나오는 걸 보고는 내 생각이 얼마나 시대에 뒤쳐진 것인지 돌아보게 되었다. 지금의 신입들은 회사와 자신을 분리할 줄 아는 현명함을 가진 것 같아 일견 부럽기도 하다. 나는 이제야 그런 경향을 수용하게 되는데 젊은 그들은 한 공간에 근무하지만 정말 다른 성향을 가진 사람들이었다. 직장에 다니는 우리들은 언젠가는 짤릴 것이고 회사도 언젠가는 망할 것이고 죽음은 누구에게나 공평하게 다가 올 것이다. 그리고 그것을 아는 현명한 사람들은 일과 자신을 분리 할 줄 안다.

개인적으로 러시아에 관심이 있다 보니 러시아 관련 팟캐스트를 청취하는 편이다. 한 번은 어느 직장인 출연자가 주재원으로 근무한 경험을 들려주는데 정시에 퇴근하고 주말마다 주변을 여행하며 돌아다녔다고 했다. 그리고는 한 마디 덧붙이는 말이 인상적이었다. 당시 어려웠던 점은 직원들로부터 소외를 당했다는 고백을 했다. 한 마디로 왕따를 당했다는 말이다. 그건 일의 문제가 아니라 직장 내 조화의 문제였다. 퇴근 후에도 회식자리에서 어울리고 주말이면 함께 골프도 치러 다녀야 하는데 자신은 그런 시간들이 너무 아까웠다고 했다. 그 방

좀 재미있게 살아볼까

송을 들었을 때 왕따 당할 만하다는 생각이었다. 사무소장이 조직을 이끌고 가는데 어느 직원의 개인적 성향이 너무 강하면 여러모로 부담이 된다. 일을 잘하고 못하고를 떠나 왠지 미워 보인다. 그런데 그게 나의 꼰대 같은 생각이었음을 이제야 고백한다. 이것은 그 동안 직장과 나의 일을 분리 못한 나의 문제였다. 다행이라고 해야 하나 작년 하반기부터는 나도 회사와 나를 분리해서 보게 되었다. 그런데 그게 참 마음이 편하다. 늦었지만 주제 파악을 했다고 할까. 나는 회사의 주인이 아니라는 사실이다. 나는 근로계약서에 명시된 시간만큼 일하며 정해진 날짜에 급여를 받는 노동자였다는 사실이 무척 생경하게 다가왔다. 지금 입사하는 대부분의 직원들은 이 사실을 잘 알고 있다. 그들에게 과거처럼 우리는 하나라고 하면 속으로 꼰대라며 비웃을지도 모른다. 그런데 가끔 '나 때는 말이야'라는 생각이 들기는 하다. 그들은 이 말마저 "Latte is horse."라고 비꼬겠지만.

어느 출판업자 이야기

　스스로 원했던 일이기도 하지만 요즘 들어 직장 밖의 사람들과 교류하는 시간이 많아졌다. 글쓰기와 대륙이라는 관심 영역을 설정하고 활동을 하다 보니 연관된 사람들과의 만남이 점점 늘어나게 되었다. 당연한 일이다. 어느 분야든 사람들은 있게 마련이고 같은 관심사를 가진 터라 대화에 흥이 난다. 게다가 이런 류의 모임에는 직업군도 다양해서 각자에게는 일상이지만 상대에게는 생소한 이야기를 많이 듣게 된다. 같은 직장 사람들과는 비슷한 이야기를 주고 받겠지만 사적 모임의 사람들과는 자유로운 주제로 부담 없이 소통할 수 있어 좋은 면이 있다.

　한 달에 한 번 모이는 와인 있는 독서모임에 참여했다. 새로운 회장의 제안으로 낮에는 남산을 돌고 저녁에 모이는 시간계획으로 일부는 남산까지 돌고 왔고 직장인들은 저녁에 참석을 했다. 모임 장소는 NGO단체 '희망레일'이 있는 충무로의 한 건물이었다. 화기애애한 분위기 속에 한 여성분이 자신은 이 곳 충무로에서만 40년을 지내고 있다고 하셨다. 서울의 충무로는 인쇄와 영화제작으로 특화된 지역인데 그 분이 출판업에 입문하게 된 계기가 사뭇 흥미로웠다. 군사정권 시절 학생운동으로 수배령이 내려지자 집에는 못 들어가고 아는 선배가 운영하는 인쇄소에서 허드레 일을 도와준 게 계기가 되었다고 했다. 지금은 출판기획사를 운영하는데 40년 넘게 할 수 있는 밥벌이를 안겨 주었으니 군사정권에 고맙다고 해야 하나라며 웃으신다.

인생은 참 묘하게 풀리는 면이 있다. 수배령이 내려진 여학생이 잉크와 기름냄새 찌든 인쇄소 구석에서 잡일을 도와주고 있을 때 그 일이 한 평생 자신이 몸담게 될 일이라고 상상이나 했을까. 그 분은 모임 장소를 제공해 준 NGO 임원 분에게 '저 형이 꿈 많았던 여대생을 정치 이념 써클로 이끈 장본인'이라며 눈을 흘기셨다. 머리 희끗한 여성이 '형'이라 부르는 호칭이 예사롭지가 않다. 한 치 앞을 못 보는 게 인생이다. 오늘 내가 걸려 넘어진 돌부리가 있다면 나의 선택은 두 가지다. 계속 누워 있을 건지 아니면 다시 일어날 건지. 하지만 나의 선택에 따라 돌부리의 의미는 달라지게 된다. 계속 누워 있다면 돌부리는 걸림돌이 되겠지만 다시 일어난다면 그 돌은 디딤돌이 된다. 한때 인쇄소 구석에서 아무런 희망조차 보이지 않았던 그 여학생은 이제 대한민국 인쇄 1번지에서 40여 년의 세월을 거친 출판사 대표가 되어 있었다.

다시 어린 싹이 되었다

상대적이라는 말을 실감하는 시간이었다. 지역 문인회로부터 둘레길 걷기와 야외 시 낭송 모임이 있으니 참석하라는 공지를 받고 아침부터 준비해서 나갔다. 문인들 대부분이 연세들이 많으셔서 내가 젊은 축에 속한다는 건 알고 있었지만 나이가 막내라기에 살짝 당황스러웠다. 게다가 떠오르는 샛별이라고 소개할 때는 그냥 웃음이 났는데 직장의 직원들이 나를 보는 시선을 생각하니 그렇게 대조적일 수가 없었다.

시험에는 상대평가와 절대평가가 있다. 특정 점수만 넘기면 합격이 되는 절대평가에 비해 상대평가는 자신이 아무리 잘 해도 상대가 더 잘 해버리면 탈락하는 경쟁 방식이다. 만일 자동차 운전면허를 소수의 인원만 선발하는 상대평가로 바꾸면 운전자라는 직업은 사회에서 상당한 대우를 받는 선망의 직업군이 될 것 같다. 이 두 방식의 차이를 보면 절대평가가 자신과의 경쟁임에 비해 상대평가는 타인과의 경쟁이 된다. 시험에 임하는 심리도 절대평가에 비해 상대 평가가 더 불안한 면을 보인다. 보이지 않는 상대를 늘 염두에 둬야 하기 때문이다.

그런데 시험뿐만 아니라 삶도 마찬가지인데 상대평가로 살게 되면 여러모로 좀 고달파지는 것 같다. 늘 상대를 의식해서 나를 무한으로 채근질해야 하는데 더 벌어야 하고, 더 올라가야 하고, 더 많이 무언가를 해야 한다. 지금 나의 수준과 상관없이 시선은 항상 바깥을 향해야 하기에 마음 편할 날이 없다. G7 정상회의에 초대받은 한국의 대통령과 다른 나라 정상들을 보아도 각 국가에서는 최고 지위의 사람들이지만 저기서도 상대적인 우열이 가려진다.

이리 보면 삶은 절대평가로 살 필요가 있다. 다른 이들과 비교하며 우위에 서려고 전전긍긍 하기 보다는 내가 정한 기준에 도달하는 것을 목표로 살아가는 게 개인의 행복에 더 바람직해 보인다. 내색은 안 하지만 나는 경쟁이 참 불편하다. '싱어게인'의 최종 우승을 했던 이승윤이라는 가수가 자신은 경쟁과 안 맞는 성격이라 오디션을 두 번은 못하겠더라는 말을 듣고 내심 반가울 정도였다. 이런 성향 탓에 운동도 헬스나 걷기, 등산처럼 혼자서 하는 종목을 꾸준히 하는 편이다. 월드컵이나 올림픽 경기가 열려도 처음부터 경기를 보기 보다는 이튿날 결과와 주요 장면만 보는 정도이니 경쟁을 싫어하는 정도가 좀 심한 편이다. 이런 내가 매일 실적으로 평가 받는 영업부문에서 괜찮은 성과를 낼 수 있었던 것은 오히려 경쟁하지 않았기 때문이었다. 그리고 보니 올림픽 금메달을 딴 선수들도 마지막 순간엔 결국 자신과의 싸움이었다는 걸 보면 상대평가는 결과일 뿐이고 그 과정은 절대평가였음을 알 수 있다.

직장 은퇴를 앞둔 내가 지역 문인회에 가서 막내로 일을 맡을 생각을 하니 갑자기 청년이 된 느낌도 든다. 많다 적다, 높다 낮다, 크다 작다는 상대적인 개념이다. 세상에서는 나를 상대평가 하더라도 스스로는 절대평가를 해보자. 내 옆에 앉았던 한 시인은 오랜 기간 기업의 임원으로 재직했었다는 소개를 하면서 인생을 경영 측면에서 효율적으로 사는 방법은 행복한 시간을 많이 가지는 것이라고 했다. 그러려면 역시 절대평가로 사는 게 맞다. 나의 기준은 내가 정한다. 그리고 달성 횟수가 많을 수록 행복도는 높아질 테니 작고 만만한 기준들을 여럿 정해 하나씩 이루어 가자. 사람들은 그것을 '성장'이라고 부른다.

좀 재미있게 살아볼까

시간낭비 같은 일들

"어느 모로 보나 시간낭비인 짓을 하는데도 당신은 웃고 있군요. 그렇다면 그건 더 이상 시간낭비가 아닙니다" 〈파울로 코엘류〉

옆에서 볼 때 참 답답해 보이는 짓을 하는 사람들이 있다. 돈도 안 되고 사회적 지위나 명성이 올라가는 일도 아닌 누가 봐도 쓸데없는 짓을 하는 사람들이다. 작년 말쯤 희망레일 이사님을 만나 근황을 물었을 때 "저게 될까?" 싶은 황당한 이야기를 들었다. 2022년 2월부터 열릴 북경 동계올림픽에 참석할 남북한 응원단을 구성하는데 부산에서 북경까지 기차로 간다는 구상이었다. 응원열차는 중간중간에 정차하여 각 지역의 응원단을 싣고 휴전선을 넘어 북한 지역 응원단까지 태워 압록강을 건너 북경까지 가는 프로젝트라고 했다. 누군가로부터 내 상식을 넘어서는 이야기를 듣게 되면 새로운 의견을 내기 보다는 '아, 그러세요'라거나 그냥 '잘 되길 바란다' 같은 빈말을 하게 된다. 그날도 그랬던 것 같다. 그런데 그 후 몇 달이 지나자 분위기가 심상찮게 변해 갔다. 통일부 장관의 입에서 "북경동계올림픽 공동 응원열차 구상" 발표가 나오면서 북한지역의 철도 보수를 제안하기도 하고 여권의 유력

한 대선 주자가 동참하는 모양새도 보였다. 그제야 알았다. 그것이 그 냥 빈말이 아니었음을.

80년대 대학에 다닐 때도 그랬었다. 독재 타도를 외치는 학생들과 경찰이 대치하고 있었고 수시로 최루탄이 터져 교내는 눈물 콧물 흘리며 걸어야 할 일이 많았을 때도 '저게 될까' 싶었다. 그런데 세월이 지나고 환경이 달라지니 뭔가가 서서히 되어 갔다. 대부분은 나와 같은 "저게 될까'라는 마음이었겠지만 누군가는 그 길을 갔던 사람이 있었다. 586세대라고 모두가 민주화 투사들은 아니다. 그 시절 도서관에서 공부하던 학생들도 집회를 알리는 북소리에 뛰쳐나가는 이도 있었겠지만 학점을 챙기고 취업준비를 하던 이들이 더 많았던 현실이었다.

사람들에게 의미 있고 수긍되는 일들은 정해져 있다. 돈이 되고, 사회적 지위를 얻고, 인정 받고, 유명해 지는 일들이다. 그런데 가끔 그와는 무관한 일들을 하는 이상한 사람들이 있다. 누가 봐도 시간낭비인 일들을 하는 사람들이다. 그 시간낭비라는 판단은 주로 다른 사람들이 한다. 그런데 정작 본인은 그 일을 하며 웃고 있다면 그 일은 더 이상 시간낭비가 아니다. 삶의 재미와 의미 부여는 순전히 자신의 몫이기 때문이다.

요즘 들어 이전에는 경험 못했던 직장생활의 호사를 누리고 있

다. 한 마디로 노동자로서의 권리를 잘 찾아 먹고 있다. 주어지는 휴가
는 다 쓰려 하고 출근은 좀 빨리 하지만 퇴근은 정해진 시간에 한다. 회
사의 일은 회사에서만 고민하고 벗어나면 더 이상 마음에 두지 않는다.
대신 개인적으로 재미있어 보이는 여러 일들을 하는데 남들이 볼 때는
큰 의미를 두지 않는 일들이다. 돈도 안 되고 유명해 지는 일도 아니며
그렇다고 알아주는 일도 아니다. 그런데도 그냥 재미 있다. 이상한 것
은 그렇게 재미난 일들을 하다 보니 그 일들이 점점 확장되어 간다는
느낌도 든다. 처음에는 몰랐던 새로운 세상이 보이고 한 발 더 들이면
또 다른 세상이 열린다는 느낌이다. 예전의 나라면 지금 하는 일들이
시간낭비로 보였을 것이다. 하지만 코엘류의 말처럼 이 일을 하면서 콧
노래와 엷은 미소가 지어지는 걸 보면 분명 시간낭비 같지는 않다.

가을에 하고 싶은 기도

새벽녘 풀벌레 소리가 정겹다. 계절은 하루가 다르게 가을의 문턱으로 다가서고 있는 것 같다. 불과 며칠 전만 하더라도 무더위에 밤새 에어컨을 켜두고 잠을 청해야 했었는데 자연의 이 변화가 신기할 따름이다. 이렇듯 선선한 바람이 불면 자연스레 떠오르는 시구가 하나 있다. 김현승의 "가을의 기도"이다. '가을에는 기도하게 하소서'로 시작되는 이 시는 내용은 몰라도 그냥 제목에서 확 끌려버리는 매력이 있다. 가을에는 기도하게 하소서. 글쎄, 나는 무엇을 위한 기도를 해야 할까?

기도에도 종류가 있다. 무언가를 원하고 바라는 기도가 있고 지금의 상태를 감사해 하는 기도가 있다. 내가 원하고 바라는 기도를 할 때는 누군가를 향한 간절함이 느껴지지만 감사의 기도는 뭔지 모르게 평온함이 깃들어 있다. 감사기도에 있어 간절함은 어째 좀 이상해 보인다. 왠지 그래서는 안 될 것 같다. 그게 감사의 마음이다. 그런데 둘 다 기도의 마음인데 어쩜 이리도 다른 느낌이 들까. 얼핏 드는 생각은 무언가를 원하는 기도는 그것을 주는 누군가가 있어야 가능하다. 그가 주

좀 재미있게 살아볼까

지 않으면 내가 원하는 바를 이룰 수 없고 기도는 성취 될 수가 없다. 그래서 내가 원하는 바를 구하는 기도는 종속적이고 수동적인 기도가 될 수 밖에 없다. 하지만 감사기도는 지금 이대로도 좋은 것이다. 기도의 상대에게 원하는 바가 없으니 매달릴 이유가 없다. 권력은 내가 원하는 것을 상대가 가졌을 때 발생한다는데 내가 기도하는 대상에게 아무런 바라는 바가 없다면 그는 나에게 권력을 행사할 일이 없게 된다. 그래서 감사의 기도는 겸손하지만 당당할 수 있겠다는 생각도 든다.

오래된 이야기지만 직장생활 중 인상 깊었던 한 분이 계셨는데 회사의 청원경찰로 출발하여 그 지역의 최고 직위까지 오른 분이셨다. 그 분은 매월 급여일에 작은 가족행사를 가진다고 하셨다. 좀 특이했는데 그 분의 가족들은 월급날 저녁이면 서로가 서로에게 큰 절을 올린다고 했다. 두 아들은 아버지와 어머니에게, 아버지는 아내와 자식들에게 큰 절을 올리며 지난 한 달간 각자의 자리에서 역할을 해 준 것에 감사와 덕담을 나누는 시간을 가진다는 얘기였다. 좀 오글거리기는 했지만 지금 생각해도 자기주관이 뚜렷하고 회사에 대한 애정이 각별하셨던 분이셨다. 고지식한 면도 있지만 자신이 받는 급여를 당연하다 여기는 사람과 감사히 여기는 사람은 회사와 삶을 대하는 태도가 많이 다를 것 같다.

감사의 기도를 하는 사람은 누군가에게 원하고 바라는 바가 적으니 자유인일 가능성이 높다. 스스로가 주인 된 삶을 살며 마음도 넉

넉할 것 같다. 그러니 자유를 원하는 자는 감사의 기도를 많이 하는 게 좋겠다. '그리스인 조르바'를 쓴 니코스 카잔차키스의 묘비명에는 이렇게 씌여 있다고 한다. "나는 바라는 게 없다. 나는 두려운 게 없다. 나는 자유롭다." 자유란 그런 것이다.

어쩐지 가을의 기도는 무언가를 더 구하는 기도 보다는 이 삶에 대한 감사의 기도가 되어야 할 것 같다. 나의 자유는 내 삶에 대한 감사에서 시작되기 때문이다.

좀 재미있게 살아볼까

Chapter 3.

직장에서 노는 재미

일어날 일은 일어난다

직장생활 중 대부분을 보험설계사 관리업무에 있었다 보니 전국적으로 많은 설계사들과 관리자들을 알게 되었다. 그 중 몇몇 분들은 회사를 떠날 즈음에 작별 인사차 연락을 주시는 분들이 있다. 개인적으로는 감사한 일이다. 그런 전화를 받으면 마음은 좀 무겁지만 회사를 떠난다고 인연까지 끊을 이유가 있겠냐며 가끔 연락이나 하며 지내자고 한다. 그리고 앞날에 좋은 일이 많이 생겼으면 한다는 말로 마무리 짓는다. 어려워진 영업환경과 회사의 설계사에 대한 처우 변화로 많은 사람들이 회사를 떠나고 있다. 개인적으로는 좀 허탈한 일이다. 설계사를 통한 영업은 영업도 영업이지만 그 분들을 도입하여 육성하는 일이 훨씬 더 어렵기 때문이다. 말이 20년이지 오직 그 일만 할 수 있었던 것은 그만큼 끌리고 매력적인 일이었기 때문이다. 정말 미련 없이 재미있게 보냈던 시간들이었다. 그런데 스스로 생각해도 좀 이상한 일이 있다. 직장생활 대부분을 보냈던 일의 결과가 저토록 쪼그라드는 모습을 보면 화가 나거나 아쉬움이 남을 법도 한데 그런 마음이 없어서다. 왜 그럴까 생각해 보면 있을 당시 내가 할 수 있는 바는 다 했다는 마음 때문이고 다시 하라고 해도 그 이상은 못할 것 같아서다. 다만 회사의 영업 분위기가 저렇게 가라 앉아서는 안될 텐데 라는 염려는 있지만 이제 다른 부서의 일에 감 놔라 배 놔라 할 성질은 아닌 것이다. 이를 통해 알게 되는 것이 있다. 어떤 일이든 최선을 다했다면 결과가 어떻게 나오든 미련조차 안 남는다는 사실이다. 이것은 나에게 의미하는 바가 있다. 그 동안 일이란 결과가 좋아야 한다는 마음으로 지내 왔는데 이런 일련의 경험을 통해 어떤 일이든 그 과정에 미련이 없다면 결과는 부차적일 수 있다는 것이다.

누가 뭐래도 일어날 일은 일어난다. 왜냐하면 그 일이 일어나게 된 필연적인 이유가 있기 때문이다. 다만 내가 그 원인을 '안다 모른다'의 차이만 있을 뿐이다. 어떤 일에는 그 원인이 너무도 분명해서 이론의 여지가 없지만 원인을 모르는 일에는 왜 하필 나에게 이런 일이라는 원망의 마음이 들기도 한다. 하지만 정작 중요한 것은 일이 벌어진 다음이다. 나는 그것을 어떻게 받아들일 것인가? 이미 벌어진 일이다. 여기서 자극과 반응 사이에는 선택이 있다는 말이 적용된다. 불교적 관점에서 전현수 박사는 이럴 경우 '건강한 반응'을 하라고 조언한다. 일이 벌어진 후의 반응이 건강하지 않으면 꼬리에 꼬리를 물고 점점 나락으로 빠진다는 것이다. 예를 들어보자. 늦잠을 잤다. 아무리 빨라도 사장님 주재 회의시간에 30분 늦을 상황이다. 이럴 경우 어떤 반응을 선택할 것인가? 건강한 반응은 일단 늦었다는 사실을 받아들이는 것이다. 거기서 현 상황을 단절하고 다음 선택지로 이동하는 것이다. 자책, 원망, 불안 등은 여기서 아무런 도움이 되지 않는다. 건강한 반응이란 탐(욕망), 진(성냄), 치(어리석음)에서 벗어난 반응이라고 한다.

유시민 작가가 민주화 운동을 하다 투옥되었을 때다. 국가보안법 위반으로 독방에서 지내게 되었는데 조용한 곳에서 그 때 참 많은 책을 읽었다고 했다. 앞날에 대한 불안, 지금의 신세 한탄이 아니라 그 상황을 일단 받아들이고 다음의 최선을 선택하는 것이 건강한 반응이다. 일어날 일은 일어난다. 내가 알든 모르든 그 일이 일어날 만한 필연적인 이유가 있었기 때문이다. 다만 우리에게 필요한 것은 그 일에 대한 건강한 반응을 하는 것이다.

술이나 한 잔 해라

      본사에 있던 그가 공석이던 강릉의 지점장으로 지원한 것은 의외였다. 굳이 그러지 않아도 되는데 무슨 이유가 있겠거니 했지만 스스로 밝히지는 않았다. 휴일 오전 자전거를 타고 한강변의 가을 바람을 만끽하다 문득 지점장 생활 3개월째 접어든 그의 근황이 궁금해졌다. 마침 주말을 맞아 집에 왔을 그에게 식사나 하자며 연락을 취했다. 오랜만에 본 반가움도 잠시 그의 모습은 많이 지쳐 보였다. 본사에만 근무했고 현장 경험이 없던 그였기에 지금의 어려움이 가히 짐작이 되었다. 더구나 코로나 시국에 이미 기울어진 지점을 맡아 운영하는 일이 녹녹치는 않았을 것이다. 그는 애초의 자신감이 많이 꺾인 상태였다. 본사에 서운함을 표했다. 현장의 상황도 모르면서 탁상공론만 한다는 내용이었다. 불과 2-3개월 전 그가 근무했던 곳에 대한 그의 평가였다. 경험해 보지 않고 무언가를 논한다는 게 얼마나 뜬구름 잡는 얘기인지 그 스스로도 느끼는 것 같다. 그는 뜬금없이 지점장을 지원한 이유를 밝혔다. 아래 직원과의 갈등이 문제였다. 얼마나 갈등이 심했으면 서울에 사는 그가 강릉까지 지원할 정도였을까 싶다. 그냥 안 보고 말겠다는 심사였나 보다. 하지만 인간사 갈등은 피한다고 없어지는 게 아니

좀 재미있게 살아볼까

다. 새로이 간 그 곳에서 또 다른 관계의 어려움을 겪는 듯 보였다. 오랫동안 알고 지낸 그는 혼자 하는 일은 정말 잘 하는데 리더가 되어 사람들을 이끌고 하는 일이 힘들어 보였다. 자신이 아무리 해줘도 고마움을 모르고 돌아오는 게 없다는 말을 들으니 그가 지금 어떤 상태인지 짐작이 갔다.

우리가 하는 큰 착각 가운데 하나가 하는 만큼 돌아 올 것이라는 막연한 믿음이다. 특히 사람들과의 관계에서 하는 것만큼 돌아온다는 믿음은 종종 우리를 좌절케 한다. 내가 겪어 본 인간관계는 수학공식처럼 그리 딱 떨어지는 것은 아니었다. 어디 인간관계만 그럴까. 우리가 공들여 하는 일들도 반드시 좋은 결과가 나오리란 보장은 없다. 가능성이 좀 높다는 정도이지. 보통 개인적으로 탁월한 사람들은 혼자서 하는 일을 잘 하는 경우가 많다. 업무의 성과도 남다르고 사내 경쟁 같은 데서도 발군의 실력을 발휘한다. 하지만 이들에게도 난관이 다가오는데 그 탁월함을 인정받아 승진을 할 때이다. 이제부터 그의 탁월함은 팔로워들과 함께 만들어 내는 팀이나 부서의 성과로 평가 받게 된다. 차라리 혼자서 하는 일이라면 밤을 새워라도 하겠는데 마음이 제 각각인 사람들을 아우르며 하는 일은 쉬이 지쳐버리게 마련이다. 더구나 최근에는 갑질이니 뭐니 해서 시키면 시키는 대로 하는 분위기가 아니다. 그러니 자연스레 일보다 관계가 어렵다는 이야기가 나오게 된다. 그런데 생각해 볼 것은 자신의 일에는 인간 관계도 포함되어 있다는 것이다. 업무상 일이 50%라면 인간관계가 50%가 되어 자신의 일은 100%가 되는 것이다. 맡겨진 업무만 하겠다는 것은 일의 50%만 하겠다는 말과 같다. 지점장으로 자원하여 좋은 성과를 내보려 했으나 혼자 일할 때보다 더 힘들어 하는 모습을 보니 안쓰러운 마음마저 들었다. '세상이 내 맘대로만 돌아간다면 얼마나 좋겠냐. 자, 술이나 한 잔 받아라' 내가 그에게 해 줄 수 있는 격려였다.

좀 재미있게 살아볼까

제안 정도는 할 수 있겠지

지금 눈 앞에 없는 사람이나 일어나지 않은 일은 머릿속에 두지 않도록 하세요. 우리는 현재에 집중할 때 행복해 집니다. <전현수의 마음테라피>

함께 근무했던 직원과 점심 식사를 함께 했다. 최근 설계사 영업 조직의 급격한 위축을 두고 화제는 자연스레 작년 우리가 사내벤처에 공모했던 대리점 설립 이슈로 넘어갔다. 만일 그 아이디어를 회사가 수용했더라면 지금처럼 설계사 영업조직이 급격히 이탈되는 것을 막을 수 있었을까? 코로나의 상황에서 쉽지는 않았겠지만 지금보다는 낮지 않았을까 정도로 대화를 마무리 지었다. 다시 한 번 시도해보면 어떠냐고 묻기에 이젠 하고 싶지 않다고 했다. 그다지 아쉬움은 없고 오히려 잘 됐다는 생각도 든다. 불과 1년 사이지만 상황은 더욱 어렵게 변해가고 있다. 만일 사내벤처를 만든다고 뛰어들었다면 보람은 있었겠지만 많이 힘들었을 것 같다.

조직은 규모가 커질수록 보수화되고 모험을 회피하는 성향으로 바뀌어 간다. 게다가 부서간 벽을 높이 쌓아 실리보다는 형식과 절차가 중요시되는 조직으로 변모한다. 그래서 큰 조직에서는 새로운 시도보다는 기존 질서를 유지하는 안정 쪽으로 흐르기 쉽다. 하지만 시대가 급변하고 있는데 언제까지 기존의 안정적인 영업기반이 지속될지는 미지수다. 이제서야 작년에 사내벤처로 진행하려 했던 대리점 설립 안이 외부 컨설팅 결과로 나오는 걸 보면 나의 방향이 맞았다는 생각은 들지만 지금은 또 그때와 사정이 많이 달라져 있다. 이제 시장은 부담스러운 영업조직을 품고 가기보다는 제조와 판매를 분리하는 제판 분리 쪽으로 흐르는 것 같고 이는 쿠팡이나 마켓컬리 처럼 보험영업 부문도 고객 데이터 기반의 플랫폼 사업이 더 미래지향적일 것 같다.

하지만 지금 나에게는 자기 객관화가 좀 필요하다. 남은 직장 생활 1년 4개월, 새로운 사업 제안이 채택된다는 보장도 없지만 채택된다고 해도 성공여부가 불확실한 비즈니스를 부서간의 숱한 이견들을 조율해가며 추진하는 게 과연 현명한 일일까. 그럼에도 시도는 해보자. 아무도 나에게 요구한 적은 없지만 새로운 사업계획서를 작성해 회사의 미래 먹거리를 한 번 제안해 볼 참이다. 너무 복잡하게 생각할 것 없이 제안은 나의 몫, 수용여부는 경영진의 몫이라고 구분해 보면 이번 일도 간단해 보인다.

좀 재미있게 살아볼까

돈을 다루는 방법

돈은 생긴 원천에 따라 두 개의 꼬리표가 있어요. 하나는 가족에게서 받은 돈이고. 다른 하나는 남에게서 받은 돈이에요. 그런데 남에게서 받는 돈은 항상 내가 먼저 주어야 받을 수 있어요._ <전현수 박사의 마음테라피>중에서

우리는 자본주의를 살아가는 이상 돈에서 자유로울 수가 없다. 코로나로 힘든 여러 이유들이 있지만 결국 돈 때문에 힘든 것이 사실이다. 그런데 남으로부터 오는 돈은 내가 먼저 주어야 돈이 들어온다. 내가 노동자라면 노동을 먼저 제공해야 돈이 들어오고, 내가 분식집을 한다면 라면이나 김밥을 먼저 줘야 돈이 들어오게 된다. 이 말은 남에게 줄 게 없으면 돈도 들어오지 않는다는 말도 되고 부자를 달리 보면 무언가를 남에게 많이 주었던 사람들이란 얘기도 된다. 그러니 돈을 벌고 싶은 사람은 먼저 남에게 줄 수 있는 것을 고민해야 한다.

최근 가입한 협동조합의 이사장 말이 생각난다. 설립된 지 얼마 되지도 않았지만 구청에서 진행하는 여러 사업을 따낸 이유가 특이했

다. 나라에서 책정된 예산이 워낙 적어 저소득층 집 청소 사업을 하려는 업체가 없는 가운데 이사장과 조합원들은 지역사회 봉사라는 마음을 내어 진행을 했다고 한다. 그게 조합의 사업성과가 되고 성과가 쌓이니 새로운 사업도 맡게 되더라는 얘기를 했다. 역시 세상일이란 먼저 가는 게 있어야지 오는 법인가 보다.

고 정주영 회장의 돈에 대한 철학을 엿볼 수 있는 얘기가 있다. 어느 인터뷰에서 정 회장은 평생 돈 때문에 힘들었던 적이 없었다고 했다. 재벌이니 당연한 얘기란 생각도 들지만 그가 가난한 월급쟁이였을 때도 돈 때문에 힘들지는 않았는데 이유가 간단했다. 자신은 항상 수입보다 적게 썼다고 한다. 시골에서 서울에 올라와 직장생활 할 때도 당시 전차 값을 아끼기 위해 한 시간을 걸어서 출근했다는 일화가 있다. 걸어 출근하는 습관은 재벌 회장이 되고서도 이어진 것 같은데 아침 5시에 아들들과 함께 밥을 먹고 계동 사옥까지 걸어 출근하는 다큐를 본 적이 있다. 돈 때문에 힘들지 않으려면 수입보다 적게 쓰는 법 밖에 없는 것이다. 자기 형편에 맞지 않는 소비습관은 정신건강에도 좋지 않다고 한다.

돈은 수단이라는 말들을 하지만 시대가 점점 돈 자체가 목적이 되어가는 것 같다. 그럼에도 돈은 목적이 되어서는 안 된다. 요리사에게 조리 칼은 중요한 도구지만 요리사가 요리 연구는 않고 더 좋은 조리 칼만 수집하고 있는 모습은 어째 좀 이상하다. 인간은 시간을 쓰다

가는 존재라고 한다. 돈은 그 시간을 잘 쓸 수 있게 도와주는 수단일 때 더욱 가치가 있는 것이다.

최근 영끌이라 하여 영혼까지 끌어 모은 투자를 한다는 얘기가 있다. 그게 투자일지 투기일지 모르겠으나 현재의 경제상황으로 볼 때 개인의 부채가 불안하긴 하다. 정신의학자 전현수 박사는 투기는 하지 않는다고 하는데 이유가 간단했다. 투기는 이득의 가능성도 있지만 손실의 가능성도 있는 행위이다. 그런데 이익과 손실을 비교해 보니 투기는 할 만한 가치가 없다고 했다. 5,000만원을 투자하여 3,000만원을 벌었을 때 자신의 인생이 크게 달라질 것 같지는 않은데 3,000만원 손실을 봤다면 타격이 꽤 클 것 같아서라고 했다. 투자나 투기는 그 돈을 잃어도 나에게 타격이 없는 수준에서 하는 것이란 생각이 든다. 지금 영끌 투자를 하는 사람들이 앞으로 얼마나 큰 이익을 볼지 모르겠지만 행여 그 돈을 날려 버린다면 그들에게는 굉장한 타격이 될 것 같다. 과연 지금의 생활수준을 그대로 유지 할 수나 있을까?

돈은 너무 아껴도 안 되고 너무 낭비해도 안 되는 적절하게 다루어야 할 대상이다. 돈은 좋은 것이다. 내가 하고 싶은 것을 할 수 있고 갖고 싶은 것을 가질 수 있게 한다. 하지만 한 가지 원칙은 내 수입보다는 항상 적게 써야 한다는 것이다.

<참고> : 전현수 박사의 마음 테라피

일의 두 가지 기쁨

일에는 실현 가능성이 있어야 한다는 게 평소 내 생각이다. 그런데 그 실현 가능성은 사람마다 다름을 새삼 알게 되었다. 아주 드문 특강을 하나 들었다. 이미 돌아가신 정주영 회장이 직접 특강을 했었던 한 시간 가량의 자료였다. 지금의 울산 현대조선소를 짓게 된 이야기는 너무도 유명하지만 본인의 입에서 직접 듣게 되니 감동이 새로웠다. 5만 분의 1 갯벌 항공사진을 들고 와서는 '여기에 조선소를 지을 건데요. 당신이 배를 주문해 주면 나는 그 주문서를 가지고 은행에 가서 돈을 빌릴 거구요. 그 돈으로 조선소를 지으면서 당신 배를 만들어 드릴게요.' 누군가 나에게 이런 식으로 접근한다면 분명 기획 부동산을 낀 사기꾼으로 볼 것 같다. 그에 대해선 정주영 회장도 할 말이 없는지 자기처럼 어느 미친 사람이 하나 걸려들었다고 했다. 그런데 냉혹한 비즈니스의 세계에서 단순히 한 사람의 열정만 보고 3,500만 불 짜리 배를 두 척 주문할 미친 사람은 없다. 정주영 회장이 설득한 내용을 직접 들으니 그럴 수도 있겠구나 싶다. 정 회장은 상대에게 이렇게 설득을 했다.

당신이 손해 볼 것은 없다. 영국의 기술재단에서 검토 결과 우리에겐 조선소 지을 능력이 있다는 조사보고서를 내줬다. 그리고 버클리 은행은 그 조사보고서에 근거해 돈을 대출해 주기로 했다. 다만 국가 간 차관 자금이 되다 보니 은행에서는 영국 정부의 지급보증이 필요한데 그 보증기관에서 그러더라. '당신들이 어찌어찌 조선소를 만들었다 치자. 하지만 세상에는 당신들 말고도 조선소가 많은데 어느 누가 배를 만들어 본 경험도 없는 당신들에게 배를 주문 하겠는가. 그러니 배 주문서를 가져오면 그 때 보증을 하겠다.' 그래서 당신은 배만 주문하면 된다. 배를 주문해 기일 내 배를 받게 되면 좋은 것이고, 만일 못 받는다 치면 위약금을 받게 될 것이다.

이런 이야기를 듣고 내가 배를 주문하는 입장이라면 내 앞에 있는 저 동양인이 조선소를 짓든 말든 상관없이 나는 이익을 볼 수 있는 투자라는 생각이 든다. 오히려 안 될 가능성이 높아 계약금만 걸고도 위약금을 챙길 수 있는 꽤 괜찮은 투자 같다. 이처럼 일의 시작은 무모해 보인다. 하지만 일의 실현 가능성은 진행해 가는 중에 점점 높아지게 된다. 일이란 자리에 앉아 이 일이 과연 될까 좌고우면 머리로만 생각해 본들 안 될 이유만 떠오르는 것 같다. 이건 나의 경험이기도 하다.

은행에 있을 때의 일이다. 승진을 하고서 연고도 없는 시골 군지부에서 영업추진을 담당하게 되었다. 영업은 나름 잘 되었는데 하루는 프로모션에 기업카드 추진이라는 것이 떴다. 직원들은 기업도 없는 시골에 저건 무리라며 모두들 만류를 했다. 그런데 나는 생각이 좀 달랐다. 대체 기업이란 무엇인가? 꼭 공장에 직원들이 있어야 기업은 아니다. 작은 식당을 해도 사업자등록증을 내걸고 사업을 하면 그것도 기업은 기업이다. 카드 발급대상으로 하자가 없는 것을 확인하고는 그렇게 영업을 시작했다. 결과는 대성공이었는데 그 해 우리는 기업카드 추진 1등이라는 타이틀을 거머쥐었다. 나중에 프로모션을 걸었던 측에서는 정말 의외라며 당연히 기업이 많은 공단지역에서 1등이 나올 줄 알았는데 우리가 될 줄은 생각도 못했다고 했다.

다시 정주영 회장의 말씀이다.

"우리가 일을 할 때는 두 가지 기쁨이 있습니다. 일이 순조로울 때는 일이 잘 돼서 좋고, 어려운 일을 만나게 되면 그것을 해결하는 기쁨이 있습니다." 이 말씀을 들으니 지금의 코로나 시대가 우리에게 꼭 부정적인 영향만 있었을까라는 생각이 든다. 대한민국은 코로나를 거치면서 전체적인 국가 시스템이 검증되어 세계에서 공식적인 선진국으로 인정받는 계기가 되었다. 국민들은 막연한 동경으로 바라보던 미국과 유럽, 일본의 민낯을 보면서 스스로에 대한 자신감을 가지게 되었다. 이는 코로나가 아니었다면 그 시간이 얼마나 걸렸을지 모를 큰 자산들이다. 이제 '메이드 인 코리아'라는 표식은 세계적으로도 신뢰의 상징으로 자리매김 했으니 불과 2년 사이에 달라진 우리의 위상이다. 세상의 일은 이리 볼 수도 있고 저리 볼 수도 있다. 무조건 긍정이나 낙

관적으로 보자는 말은 아니다. 다만 전체적으로 볼 필요는 있고 그 속에서 기회를 찾아 앞으로 나아가는 게 중요하다는 말을 하고 싶은 것이다.

감사할 일이 참 많다

어제 오전에 인사 해프닝이 있었다. 갑자기 부산 사무소장 제의
가 들어 온 것이다. 연도 중에 그런 일이 있다는 건 예외적이긴 하지만
인사 측에서는 그만큼 급하다는 얘기였을 것이다. 어렵사리 말을 꺼낸
인사팀장에게 조직이 원한다면 가기야 하겠지만 개인적으로는 가고
싶지는 않다는 의견을 전했다. 솔직한 심정이었다. 예외적이니 만큼 그
쪽에서도 많은 것을 고려했을 것이다. 대표이사 결재 전에 당사자 의견
을 묻는다고 했지만 내심 각오는 했다. 그냥 긍정적으로 생각키로 했
다. 부산에 사시는 부모님이 연로 하신데 자주 뵐 수 있다는 이점도 있
고 가봤자 내년이 은퇴니 회사생활 마무리를 연고가 있는 부산에서 하
는 것도 나쁘지 않다는 의미도 있었다. 하지만 이동발령이란 게 이것저
것 고려 할 게 많다 보니 오전에 일이 손에 안 잡히긴 했다. 점심시간 즈
음 인사 측에서 다시 연락이 왔다. 대표이사께서 올해는 내 업무의 중
요성이 크다며 다른 대안을 정하셨다고 했다. 그 말에 마음이 많이 가
벼워졌다.

세상에는 나의 의지와 상관없이 일어나는 일들이 많다. 살면서

　　　　　　　　　　　　　　　좀 재미있게 살아볼까

얻은 교훈이지만 그런 일을 대하는 마음은 그 상황을 부정하기 보다는 지금 이 일이 일어난 긍정적 의미는 무엇인지 찾으려고 한다. 어떤 일의 의미는 내가 어떻게 부여하느냐에 따라 달라짐을 알기 때문이다. 인사 해프닝도 좀 뜬금없긴 했지만 의미를 부여하자면 꽤나 많은 것들이 있었을 것이다. 세상일에는 좋기만 한 것도 없고 나쁘기만 한 것도 없는 법이다.

퇴근 무렵 고향 후배인 김 차장과 저녁을 먹으러 갔다. 나의 인사 해프닝을 소재로 소주를 한 잔 하는데 갑자기 진지한 얼굴로 나에게 묻는다. "형님, 은퇴하면 뭐 할겁니까?" 자신도 은퇴시기가 다가오니 나의 은퇴 계획이 궁금했나 보다. 그건 그 때 가봐야 알겠지만 현재로선 할 일은 좀 있다고 했다. 이렇게 자신 하는 데는 한 가지 원칙을 세워둔 때문이다. "내가 하고 싶은 일을 벌이와 상관없이 할 수 있는 만큼 한다." 지금처럼 나와 가족을 위해 직장에 소속되어 해야만 하는 일을 하는 게 아니라 하고 싶은 일을 하고 싶은 만큼 할 것이니 일이 없을 것 같진 않다. 그리고 그 일을 돈벌이와 상관없이 할 것이기에 크게 얽매일 것도 없을 것 같다. 그러다 돈도 생기면 좋은 일이다. 그냥 일 자체에서 보람을 찾겠다고 정하니 세상에 그런 일은 지천에 보인다. 하고 싶은 것도 정신 멀쩡하고 몸도 건강해야 할 수 있는데 과연 그 기간이 남은 인생에서 얼마나 될지 모르겠다. 그리 길진 않을 것이다. 하지만 영겁의 시간과 미지의 운명 앞에 인간의 계획이란 얼마나 부질없는

것인가. 앞으로 뭐 할거냐는 질문에는 '그건 그 때 가서 보자'가 적당한
답 같다.

　　퇴근해서 집에서 쉬는데 반가운 전화가 왔다. 광주에 살고 계신
은퇴하신 옛 상사셨다. 보고 싶어 연락했다며 9월 초에 서울에 갈 테니
얼굴 한 번 보자고 하신다. 10년이 넘도록 직장의 인연이 이어져 호형
호제하며 지내는 선후배들이 있으니 그것도 감사한 일이다.

　　　　　　　　　　　　　　　　　　　좀 재미있게 살아볼까

애자일 조직을 만들며

애자일(Agile) 조직을 하나 만들어야 한다. Agile이란 말은 '민첩한', '기민한"이란 뜻을 가진 단어인데 비정기적인 어떤 사안을 해결하기 위해 임시로 만들었다가 목적이 완성되면 해체하는 조직을 말한다. 쉽게 말하면 임시조직이란 뜻이다. 회사의 사안들은 많고 그 때마다 인원과 비용을 투입해 조직을 만들 수는 없으니 여러 부서의 직원들을 파견 또는 겸업 방식으로 발령 내어 과제를 수행하는 것이다. 이런 조직이 구성 되면 일단 재빨리 움직여야 한다. 주어진 시간에 결과물을 내어야 하기 때문이다. 전체 일정 계획을 짜고 중간 보고, 최종 보고일을 설정하고 일의 진도 관리를 빡 세게 해야 겨우 일정에 맞출 수 있다.

애자일 조직을 보면 기업도 많이 변한다는 생각이 든다. 전통적인 조직은 직원이 발령 나면 그 일을 수행하다 다음 발령 때 옮기는 게 상례인데 이제는 일에 따라 조직을 만들었다 해체했다를 유연하게 하는 식으로 변모하고 있다. 애자일 조직에서는 팀 리더의 역할이 중요하다. 각기 다른 소속의 구성원들을 코디네이터하여 과제를 부여하고 기일 관리를 통해 결과물까지 만들어야 하기 때문이다. 어느 정도 일정

구상은 세웠지만 소속도 다른 이들을 끌어 모아 일을 진행해야 하니 수월한 미션은 아니다.

애자일 조직은 미래의 조직 형태이다. 이제 고정 비용이 들어가는 조직은 최소화 시키고 일감이 생기면 수시로 조직을 만들어 후다닥 해치우고 해체하는 방식이다. 기업주 입장에서는 저비용으로 동일한 성과를 낼 수 있어 좋겠지만 노동자 입장에서는 직장의 안정성이 떨어져 수입이 불안한 상태가 된다. 나는 이미 이런 조직에 익숙한 편이다. 보험설계사 조직이 그러했다. 보통 매니저나 지점장들은 본인과 함께 움직이는 설계사 조직들을 팀 단위로 유지하고 있다가 돈을 많이 주는 곳으로 언제든지 옮겨 다니는 보따리 장사 같은 행태를 보인다. 대개 그런 형태의 조직들은 회사에 대한 충성도는 낮고 개인의 이익에 충실한 편이다. 이제 기존 회사의 조직들은 이렇게 변모해야 비용도 줄이고 경쟁에서 살아 남을 것이다. 큰 몸통 주위에 작은 회사들이 여럿이 붙어 공생하는 방식이다.

중요한 것은 개인이다. 개인에게 애자일 조직은 어떻게 응용될 수 있을까? 우선 '나'라는 사람이 할 수 있는 일을 너무 한정 짓지 말아야 한다. 민첩하게 상황에 맞게 변할 수 있다면 개인의 애자일화도 가능할 것 같다. 한 평생 이 일을 했으니 오직 한 길이라고 고집하면 할 수 있는 일이 제한되지만 지금껏 그 일을 했지만 같은 일이면 익숙해서 좋

고 다른 일이면 신선해서 좋다는 마음으로 대하게 되면 개인의 애자일
도 가능하다.

세상에 날 때부터 내 일이라고 정해진 게 있겠는가. 어쩌다 보니
그 일을 하게 되었고, 계속 하다 보니 익숙해졌고, 익숙해지니 더 잘 하
게 된 것이다. 적성에 맞으면 좋겠지만 아무리 적성에 맞더라도 오래하
면 권태를 느끼게 마련이다. 인생이 대개 그렇다. 그러니 자신의 일을
너무 가릴 것도 없다. 하고 싶은 일이 없다면 좋은 일이다. 아무 일이나
해도 되니까.

상황이 바뀌면 나도 바뀌어야 한다. 세상을 나에게 맞추는 것 보
다는 그래도 내가 세상에 맞추는 게 훨씬 수월하다. 지금 같은 코로나
시대에는 개인의 애자일화가 더욱 절실해 보인다.

예술과 노동의 차이

그림을 잘 그리는 편이 아니다. 가끔 들르는 미술관에서 그림 자체도 보지만 어느 정도 시간을 들였을까라는 엉뚱한 생각도 한다. 화가의 그림 그리는 행위는 노동일까, 예술일까? 전업 화가에게 그림 그리는 행위는 자신의 밥벌이를 이어가는 노동행위임이 분명하다. 이는 작가도 마찬가지다. 언젠가 교수로부터 노동으로서의 글 쓰기라는 말을 들었다. 참 생소하게 들렸지만 다시 생각해 보면 글이 생업인 사람에게 글쓰기는 분명 노동이다.

지난 달 남부지방 집중 폭우로 많은 피해를 입은 양식업자들이 정부에 특별 재난지역 선포를 요청한 일이 있다. 지금껏 농업과 어업은 큰 재난을 당하면 정부의 보상책이 으레 이어진다 여겼는데 어느 특이한 댓글에 '좋아요'가 집중적으로 몰린 상황이 생겼다. "어민들이나 농부 모두 결국은 영리를 목적으로 하는 사업체. 그런데 자연재해를 입었다 하여 국민의 세금 지원을 요청하는 것은 무슨 욕심이냐"라는 글이었다. 더구나 지금은 코로나 시국이고 많은 소상공인들의 폐업이 속출하고 있는 시점이다. 어떤 업에 종사하든 그 결과에 대한 책임은 본인이 져야 한다는 게 자본주의를 살아가는 밥벌이의 논리이다.

　　직업적 만족도를 조사해 보면 늘 상위권을 차지하는 게 예술가와 종교인이라고 한다. 일부 예외는 있겠지만 대다수의 예술가나 종교인들의 수입은 그리 높지 가 않다. 그들의 직업적 만족도는 화폐의 수입이 아닌 다른 곳에서 온다. 예술이나 종교부문에 종사하는 사람들의 노동가치를 어떻게 평가해야 할 지 모르겠지만 그들도 밥벌이를 위한 활동은 해야 할 것이다. 밥벌이는 인간이 자신의 생명을 유지하기 위한 기본이며 누구나 예외일 수 없는 숙명적 활동이다. 시장에서 팔리는 화가의 그림은 분명 노동의 산물이다. 종교인도 마찬가지다. 누군가의 기부에 의존하지 않고 종교인의 생활이 될 것 같지는 않다. 그래서 성과 속, 예술과 노동은 그 구분이 모호하다. 어쩌면 가장 예술적인 화가는 그리는 자체를 즐기는 사람일 것이다. 그런데 화가가 그림을 팔기 위해 노동을 하고 있는지 아니면 그리는 자체를 즐기고 있는지는 오직 화가 자신만이 알 수 있다. 예술과 종교에 종사하는 이가 그 과정 속에 자신이 없고 결과물에 대한 시장의 평가에만 연연한다면 그것은 노동행위에 점점 가까워 질 것 같다. 거꾸로 국밥 한 그릇 말아내는 시장의 아주머니라도 그 과정에 몰입되어 있다면 그 국밥은 훌륭한 예술작품이 될 수도 있다. 내가 살아낼 오늘 하루를 예술로 살아갈지 노동으로 살아갈지는 오직 나에게 달려 있는 것 같다. 예술은 몰입의 과정이다.

나의 외국어 학습 흑역사

중학교 때 처음 영어를 배웠다. 당시에는 선행 학습이란 것도 없을 때라 그냥 중학교에 올라가서 영어를 배웠다. 한글과는 달리 꼬부랑 글씨로 필기체를 쓰는 게 신기했는데 지금도 기억나는 건 영어시간이 되면 선생님이 교실 문을 열 때까지 리듬에 맞춰 크게 낭송을 해야 했다. 마치 서당의 학동들처럼. "아이 엠, 유 아, 히 이즈, 쉬 이즈, 잇 이즈, 위 아, 데이 아 (I am, you are, he is, she is, it is, we are, they are)" 당시 영어 선생님은 Be 동사를 그냥 입에서 툭 튀어 나오도록 달달 암기를 시켰다. 영어를 천자문 외듯이 문법적인 변화 외우기부터 시작했으니 완전 주입식으로 영어를 시작한 셈이다. 중학교를 졸업한 지 40여 년이 지난 지금도 "아이 마이 미 마인, 유 유어 유 유어즈 (I my me mine, you your you yours)를 외우고 있을 정도이니 내가 영어를 제대로 배운건지 모르겠다.

그러다 고등학교를 올라갔다. 누구나 보는 "성문종합영어"를 야심 차게 시작했다. 하지만 늘 책의 앞에서만 왔다갔다했고 학교 진도와 내 진도를 따로 하려니 버겁기만 했다. 공부 못하는 아이의 전형적

좀 재미있게 살아볼까

인 형태였다. 혼자 공부하면 더 좋을 것 같았고 학교 공부가 오히려 거추장스러웠다. 하지만 대학갈 때 처음으로 내신성적이란 것이 반영되다 보니 학교 시험을 소홀 할 수도 없었는데 당시 동기생 중 몇몇은 아예 자퇴를 하고는 검정고시로 대학 진학을 하는 이도 있었다. 교련과목이 있고 선생들의 폭력이 난무하던 시절이었으니 정말 학교에 대한 좋은 기억이라곤 없었다. 성적 떨어졌다고 태어나서 처음으로 뺨 맞은 기억만 강렬하니 그런 선생들에게 무슨 애정이 남아 있을까. 그나마 다행인 건 여름방학 때 수준에 맞는 영어책을 골라 열 번 정도 반복한 덕에 영어 성적은 괜찮았고 영어에 대한 흥미는 유지 할 수 있었다는 정도였다.

입사 후 회사 포상 여행으로 중국에 갈 일이 있었다. 단체여행으로 일정에 맞춰 다니는 것도 피곤하고 짜증이 날 즈음 가이드에게 몇 마디 중국어를 익혔다. "얼마에요?" "비싸요." 글자는 모르겠고 음으로만 "뚜어 샤오 첸?" "헌 꾸이" 두 마디만 익혀 상인들과 흥정했는데 관광지를 돌아다니는 것 보다 오히려 그게 더 재미 있었다. 역시 외국어는 현지서 써 먹어야 제 맛이었다. 배낭여행으로 호주에 갔을 때도 소통에는 별 문제가 없었지만 당시 생각엔 한 달 정도만 더 머물러도 듣기와 말하기가 상당히 늘 것 같다는 생각이 있었다. 외국어를 그 나라가 아닌 곳에서 배우는 건 정말 한계가 있는 것 같다. 가끔 외국에 나가지 않고도 외국어를 잘 하는 사람들을 보는데 정말 대단한 끈기의 사람들이라고 본다.

　　과거의 경험으로 볼 때 국내에서 외국어를 배우는 방법은 일단
수준에 맞는 외국어 교재 한 권은 떼는 걸로 시작해야 할 것 같다. 학원
도움을 받든 독학을 하든 일단 책 한 권을 열 번 정도 반복하면 그 외국
어 뼈대는 세워진다. 다음은 단어의 확장인데 최소 300-500개의 일상
단어만 알아도 그럭저럭 여행 다닐 때 대화는 되는 수준이 된다. 그 중
에서도 숫자는 별도로 익혀야 하는데 거의 반사적으로 나올 정도는 되
어야 한다. 결국 중학교 첫 영어 수업처럼 외국어는 입에서 자연스레
튀어 나오도록 외우는 수 밖에 없나 싶다. 안현필 선생은 "영어실력기
초"에서 단어와 영작을 무척 강조했는데 이는 한글을 보고 영어가 툭
툭 나올 수준이 되어야 한다는 뜻이다. 온갖 멀티미디어로 외국어를 배
우는 요즘 세대와 달리 오직 책으로만 외국어를 접했던 나에게는 제2
외국어도 역시 책이 편한 것 같다. 배운 방식에서 크게 벗어나지 못해
서인가 보다. 한글과 외국어의 1:1 매칭으로 배우는 답답한 외국어 학
습법이지만 그게 나에게 적합한 학습법이지 싶다.

살아남는다는 것

살아남는다는 말은 절박함의 표현이다. 코로나 팬데믹이 2년째 이어지고 있는 이 시대는 자영업자들에게는 하루하루가 생사의 갈림길일지도 모른다. 그런데 돈은 분명 많이 풀렸고 이들 돈이 어딘가에는 있을 텐데 대체 어디에 가 있는 걸까. 부동산이나 주식 같은 자산 시장에 잔뜩 몰려 있고 쌀 같은 생필품 가격도 슬금슬금 오르기 시작한다. 국내만 그런 게 아니다. 해외도 사정은 마찬가지인 것 같다. 이제 집의 소유 여부에 따라 극복하기 힘든 계층이 만들어진 것 같고 주식시장의 폭락을 우려하기도 하지만 돈이 저렇게 풀린 걸 보면 당분간 그럴 일은 없어 보인다. 전쟁이나 정치적 격변만 아니라면 이렇게 불안한 상황이 당분간 지속될 것 같다.

나의 상사는 올해를 마지막으로 회사를 떠나는 분이시다. 개인적으로는 선후배 관계이기도 한데 요즘 심경이 다소 복잡한지 엊그제 월급날 도토리가 다섯 개 남았다며 미소를 지으셨다. 도토리는 월급을 의미하는데 은퇴를 앞둔 이들이 자주 쓰는 말이다. 본인의 마음은 소주 한 잔 하고 싶지만 코로나 4단계로 선뜻 말을 꺼내기 어려워하는 눈치였다. 퇴근 무렵 저랑 소주 한 잔 하시겠냐는 말에 얼굴에 반가움이 묻어난다. 지방에서 서울로 단신 부임하신 분이다. 내년 임원 승진을 위해서는 인사 운동이라도 해야 하는데 저녁에 사람을 만날 수 없는 현상황이 많이 답답한 것 같았다. 둘이서 술잔을 기울이고 있자니 가뜩이나 사람 없는 저녁 장사에 안면 있는 주인장이 합석을 했고 몇 가지 서비스가 더 나온다. 마칠 때까지 다른 손님이 안 드는걸 보면 술집이 오히려 코로나 청정지역 같았다.

살아 남는다는 표현을 빌면 나의 상사는 올해가 지날 즈음 임원으로 승진해 직장에서 살아 남을 수 있을까. 저녁시간 내내 한 테이블만 채웠던 저 식당은 앞으로 얼마나 더 살아 남을 수 있을까? 주위에는 문을 닫은 집들도 꽤 보여 가게가 본인 소유인 줄 알았더니 그도 아니란다. 마음을 비운 탓인지 소주 한 잔 비우는 주인장의 허허로운 모습이 오히려 애잔하다. 이에 비해 밀려드는 일거리에 바쁜 사람들도 있다. 지난주 가입한 녹색지대 협동조합의 카톡방은 하루하루 메시지로 가득 찬다. 구청에서 의뢰 오는 저소득층 집수리, 청소, 방역 일거리가 이어지고 있고 그에 대한 조합원들의 의견 교환 메시지들이다. 주중이라 동참은 못했지만 이사장과 몇몇 조합원 중심으로 일이 진행되고 있는 것 같다. 이번 쓰나미가 지나가면 어떡하든 살아남은 자는 고개를 내밀 것이고 죽은 자는 파도에 이리저리 떠 밀려 다닐 것이다. 이 시기엔 내가 월급 따박따박 나오는 급여 생활자라는 것이 천만다행이라는

좀 재미있게 살아볼까

생각이 든다. 이럴땐 나에게 월급 주시는 분께 감사를 드려야겠다. 그
런데 누구에게 감사 드려야 할까?

Wishlist 작성하기

위시리스트(wishlist)는 하고 싶은 것들을 적어 둔 목록을 말한다. 세상에는 해야 하는 일, 하고 싶은 일, 할 수 있는 일의 세 가지가 있다고 한다. 그런데 이 구성은 나이에 따라 달라지는데 젊을수록 하고 싶은 일이 많지만 나이가 들수록 해야 하는 일이 늘어나는 것 같다. 노인들로부터 자주 듣는 말은 별로 하고 싶은 게 없다는 말이다. 인간에게 하고 싶은 게 없다는 것은 동력이 그만큼 없다는 말이기도 하다. 한마디로 갈 때가 되었다는 말이다. 노인들이 하고 싶은 게 너무 많은 것도 볼썽사납다는 소리를 들을지 모르지만 적어도 스스로는 꽤 괜찮은 삶을 살고 있을 것 같다.

최근에는 직장에서 포지셔닝된 나의 위치가 참 절묘하다는 생각을 하게 된다. 직장생활 대부분을 영업관련 업무를 하면서 전국을 돌아 다녔고 많은 사람들을 만나고 알게 되었으며 호텔 행사나 국내외 여행 등 각종 이벤트를 기획하고 진행하기도 하였으니 그 동안 일을 참 재미나면서도 화려하게 했던 면이 있다. 그렇게 그 일만 할 줄 알았는데 작년부터 후선 부서에 배치되어 남은 직장생활을 마무리 하고 있다 생각하니 이만큼 적절한 직장생활도 없는 것 같아 지금의 상황에 감사한 마음이 들었다. 게다가 2-3년 전부터 회사 생활과 나의 생활을 분리하기 시작했고 내가 하고 싶은 일들 위주로 조금씩 개인적인 관심의 지평을 넓혀 가고 있다. 누군가에게 보여주고 평가 받을 목적은 아니니 허접해 보이지만 순전히 내가 좋아서 하는 일들이다. 그런데 신기하게도 이게 묘한 활력을 준다. 돈을 버는 일도 아니고 크게 인정 받는 일도 아니지만 적어도 내가 몰입감을 느끼며 하는 일들이다. 예전에는 몰랐지만 내가 한 발을 들이니 그 곳에는 또 다른 세계가 있었고 그 곳의 사람들은 나를 반겨주었다. 직장에서의 인연들은 내가 관두고 나면 다시 만나기 어려운 사람들이지만 이들은 내가 그 분야에 관심을 두는 한 계속 교류가 이어질 사람들이다.

나이가 들수록 하고 싶은 게 많은 사람이 인생을 좀 더 풍부하게 할 수 있는 사람이다. 아침에 봉수대를 오르며 앞으로 나를 규정지을 일들에 대해 생각해 보았다. 작가, 여행가, 사회활동가라는 것이 떠올랐다. 사회활동가는 그 동안 생각을 안 했던 영역인데 지난 주말 독거 노인의 집을 청소하며 느낀 바가 있어서다. '내가 무엇을 할 수 있을까'로 접근하는 사람과 '내가 못할 게 뭘까'로 접근하는 사람은 할 수 있는 일의 범위가 다를 것이다. 한 개인에게는 절망감보다 더 문제가 되는 것이 무망(無望)감이라고 한다. 절망은 그나마 하고 싶은 게 있었지만 무망이란 하고 싶은 것이 없는 상태를 말한다. 무망은 무력감으로 이어지고 무력감은 삶을 살아갈 힘이 없다고 여겨져 쉽게 우울감에 빠질 수도 있다고 한다. 그러니 일단 움직여야 한다. 처음에는 하찮아 보이는 작은 일이라도 조금씩 하다 보면 새로운 세계가 열릴지 모른다. 3층으로 올라가지 않으면 3층의 경치를 볼 수가 없다.

답은 사지선다 밖에 있다

한 정신병원에서 환자의 상태를 보기 위해 테스트를 실시했는데 환자를 물이 가득 찬 욕조 앞으로 데려가 티스푼과 찻잔, 양동이를 주고는 욕조를 비우라고 했다. 그렇다면 티스푼이나 찻잔을 사용한 사람은 환자이고 양동이를 사용한 사람은 정상인일까? 모두 아니다. 정상적인 사람은 욕조의 마개를 뽑기 때문이다. 그럼에도 많은 사람들은 양동이를 선택하는 사람이 정상이라고 말한다. 우리는 어떤 선택지를 부여 받으면 사고의 회로가 그 안에 갇혀 버린다. 사정이 이렇다면 사지선다의 시험문제는 사고의 경직성을 가져올 수도 있겠다.

우리에게는 연령대별로 사회적으로 강요 받는 몇 가지 선택지가 있다. 대학, 직장, 결혼, 자동차, 내 집 마련, 승진, 노후준비 등등. 그런데 그런 선택지가 예전에는 참 보편적이었는데 이제는 점점 예외적인 상황이 되어 가고 있다. 사지선다 안에 답이 없는데 그 안에서 답을 구하라고 하면 문제 푸는 입장에선 참 곤혹스럽다. 지금은 개인의 라이프 사이클에 있어 사지선다의 지문을 외면하고 의연하게 욕조의 마개를 뽑는 지혜와 용기가 필요한 때이다. 고령화 사회가 되어 노인으로 살아야 할 기간이 늘어났다고들 하는데 어쩌면 젊은 시절이 더 늘어난 것일 수도 있다. 피터 래슬릿은 "인생의 새 지도"라는 책에서 인생을 총 4개의 나이대로 구분했다.

* 제1의 나이: 출생 후 대략 30세까지로 의존적이고 미성숙하며 사회화와 교육을 마치는 시기이다.

* 제2의 나이: 책임감을 갖고 독립적으로 가정과 직장 등 삶을 꾸리기 시작해 소득과 소비의 과정을 경험하는 시기다.

* 제3의 나이: 삶의 진정한 의미를 누리고 정체성을 확보하며 개인적인 성취를 거두는 단계다.

* 제4의 나이: 인생을 정리하고 죽음이 임박하는 단계로 생이 다할 때까지다.

우리에겐 제1,2,4의 나이는 익숙하지만 제3의 나이는 조금 생소하다. 그리고 많은 사람들은 제3의 나이를 건너뛰고 바로 제4의 나이로 넘어가기도 한다. 저 기준에 의하면 나에게 적용될 제3의 나이는 50대부터인 것 같다. 아이들은 스무 살이 넘었고, 직장은 은퇴시기가 다가온다. 지난 제2의 나이까지 살아오면서 받아 든 인생 성적표는 그리 나쁘지 않은 성적이다. 하지만 한 개인에게 인생의 황금기는 제3의 나이일지도 모른다. 어느 정도 사회적 책임을 마치고 개인화된 자신을 볼 수 있는 여유가 생겼기 때문이다. 이제 더 이상의 사회적 성취나 화폐의 증식은 하기도 힘들고 의미도 줄어드는 시기이다.

자, 이제는 삶의 진정한 의미를 누리고 나의 정체성을 확보하는 성취를 누릴 시기이다. 그런데 이것이야말로 우주의 티끌 같은 존재로 태어난 한 인간이 죽기 전에 꼭 해야 할 가장 중요한 일이 아닐까 한다.

내력과 외력을 보다

가까이 있으면서도 요즘 뜸했다 싶었던 후배에게 점심이나 함께 하자며 연락을 취했다. 날도 더운데 식당 가느니 그냥 시원한 카페에서 샌드위치나 먹자며 이끌었는데 후배의 표정이 많이 지쳐 보인다. 최근 울산에 계셨던 아버님의 암이 재발해 서울대 병원에서 치료를 받고 계신데 잦은 통원치료 때문에 병원 근처에 방을 하나 구했다고 한다. 때문에 건축업을 하시는 아버님의 일에 대한 수습과 직장 생활 병행으로 경황이 없어 그간 연락을 못했다고 했다. 말만 들어도 그 힘든 상황이 짐작되었다. 괜찮으냐는 나의 우려 섞인 말에 아직은 내력(內力)이 잘 버티고 있다며 웃는다. 자신은 괜찮은데 오히려 회사가 내력이 많이 약해진 것 같아 염려된다는 말을 했다. 내력과 외력은 구조역학에 나오는 다소 전문적인 용어이다. 드라마 '나의 아저씨'에는 건축 구조기술사인 주인공이 이런 대사를 했다.

"모든 건물은 외력(外力)과 내력(內力)의 싸움이야. 바람, 하중, 진동 등 있을 수 있는 모든 외력을 계산하고 따져서 그것보다 세게 내력을 설계하는 거야..... 항상 외력보다 내력이 세게. 인생도 어떻게 보면 외력과 내력의 싸움이고 무슨 일이 있어도 내력이 있으면 버티는 거야"

　국내에서 가장 높다는 123층의 롯데월드타워에서 행사를 가진 적이 있었다. 높이가 555미터라고 하는데 고개를 젖혀 건물을 보며 드는 생각은 이 거대한 건물이 서 있는 게 참 용하다는 생각이 들었다. 알아보니 철골무게만 5만톤, 쏟아 부은 콘크리트 양만 해도 32평 아파트 3,500채를 지을 분량이라 한다. 그 자체만으로도 정말 엄청난 무게인데 건물에는 외력이라는 힘도 작용한다. 때로는 세찬 비바람을 안고 오는 태풍도 불 것이고 수시로 지나가는 지하철과 자동차의 진동도 영향을 미칠 것이며 가끔 생기는 지진도 고려해야 할 것이다. 이 모든 것을 견뎌낼 수 있는 힘이 건물의 내력이라고 한다. 만일 123층인 그 건물의 내력이 외력을 견뎌내지 못하는 상황이 생기면 그야말로 끔찍한 일이 생기고 만다. 뉴욕의 무역센터 빌딩이 비행기로 한 군데 타격을 받자 자체 무게로 와르르 무너지고 만 것처럼.

　드라마 주인공의 대사처럼 건물이나 인생이나 내력이 외력보다 강해야 버틸 수 있다. 그런데 같은 외력수준에도 무너지는 사람이 있고 버텨내는 사람이 있듯이 내력 수준은 사람마다 다르다. 내가 생각하는 인생의 내력을 키우는 방법은 의외로 간단하다. 어떤 상황을 설정하고 그것을 받아들일 수 있는지 파악하는 자기 객관화와 그 수준을 꾸준히 높여갈 힘을 키우는 반복이다. 하늘은 내가 감당 할 수 없는 시련은 주지 않는다는 말도 있듯이 어떤 시련이 닥쳤을 때 자신의 내력을 한 번 믿어 보면 어떨까. 어쩌면 자신은 생각보다 더 강한 사람일 수도 있다.

도박판의 승률을 높이려면

어떤 일을 시작할 때 주저하게 되는 큰 이유는 결과에 대한 확신이 없기 때문이다. 이 말은 역으로 결과에 초연 할 수만 있다면 어떤 일이든 수월하게 시작할 수 있다는 말도 된다. 문제는 시작조차 하지 않으면 어떤 결과도 얻을 수 없다는 것인데 이는 출발신호가 울렸는데 아직도 뛸까 말까 망설이는 육상선수와도 같다. 하지만 우리가 세상에 태어났다는 건 이미 인생의 출발신호가 울렸다는 뜻이기도 하다.

도박을 할 때는 밑천이 많은 사람이 이길 확률이 높다고 한다. 밑천이 적은 사람은 심리적으로 불안해 보상은 적지만 확실한 베팅만 찾게 되고 한 번이라도 잃으면 타격이 크다 보니 베팅 횟수를 줄일 수밖에 없다. 반면 밑천이 많은 사람은 설령 이번 판에서 잃는다 하더라도 다음 판에 다시 베팅 할 여유가 있어 결과적으로 더 따게 된다.

우리의 삶도 마찬가지인 것 같다. 인생에서의 밑천에는 무엇이 있을까? 돈이 떠오르지만 그것은 인생 밑천의 일부에 불과하다. 어쩌면 더 중요한 시간과 건강, 좋은 관계 등 다양한 인생 밑천들이 우리에게는 있다. 돈만이 인생의 밑천이었다면 그렇게 많은 돈을 가졌던 재벌 회장들이 오랫동안 병석에 있다 세상을 떠나지는 않았을 것이다. 우리는 가진 것에 대해서는 당연하다 여기고 없는 것을 귀하게 여긴다. 하지만 우리에겐 이미 가진 것들이 훨씬 좋은 밑천일지도 모른다. 인생을 도박판에 비유해 보자. 카지노에 들어온 사람은 크게 세 부류로 나눌 수 있다. 돈을 따는 사람과 잃는 사람 그리고 구경꾼이다. 이번 판에 돈을 걸지 않으면 잃을 확률은 없겠지만 딸 확률도 없다. 주어진 삶을 구경꾼으로 지내다 가는 것을 뭐라 할 건 아니지만 한 번뿐인 인생이 좀 밋밋하긴 하다. 그게 싫다면 게임에 참가하되 이왕이면 승률이 높은 게임을 해야 한다.

승률이 높은 게임은 어떻게 만들어 가야 할까? 먼저 게임 참여 횟수를 높여야 한다. 시도를 많이 해야 한다는 뜻이다. 영화의 주인공처럼 내가 가진 모든 것을 한 번에 건다는 올인은 멋져 보이지만 승률이 높은 게임은 아니다. 그러니 가진 것이 '100'이라면 '10'으로 나누어 열 번을 시도하는 것이 낫겠고, 가진 것이 '10'이라면 '1'이나 '2'로 나누어 시도하는 것이 길게 볼 때 승률을 올리는 방법이다. 다음으로는 내가 가진 밑천의 성격이 무엇인지도 살펴야 한다. 가진 것이 돈이라면 돈을 걸겠지만 시간이라는 밑천을 더 많이 가졌다면 시간을 걸어야 한다. 가진 것이 무엇인지도 모른 채 남들 거는 것을 나도 건다면 그 만큼 승률이 낮은 배팅을 하는 셈이다.

좀 재미있게 살아볼까

우리는 결과에 대한 확신이 없기에 시도하는 것을 주저하지만 결과에 대한 확신이 있다고 해도 문제는 여전하다. 내일 로또 1등 당첨 번호를 온 국민이 알게 된다면 무슨 의미가 있겠는가? 사람들은 불확실하면 불안해 한다. 불안이라는 감정은 인간이 가장 싫어하는 심리상태이다. 도박판에서는 밑천이 많은 사람이 불안감이 덜 하듯이 삶을 살아갈 때도 밑천이 많은 사람의 불안이 덜하다. 다만 도박판의 밑천은 돈만이 유통되지만 인생의 밑천은 무척 다양한 것들로 이루어져 있다. 그러니 먼저 내가 가진 밑천부터 파악해야 한다. 그리고 게임에 참여하되 내가 원하는 것을 따야 한다. 그것은 돈일 수도 있고 시간일 수도 있으며 좋은 인간 관계일수도 있다.

느슨한 만남들이 좋다.

　퇴직을 하게 되면 많은 관계들이 일시에 끊어진다고 한다. 그도 그럴 것이 직장이라는 밥벌이 장소는 대부분 시절 인연들로 맺어지기 때문이다. 가끔 휴대폰에 저장된 전화번호를 휘리릭 넘기다 보면 직장에서의 관계가 참 허망함을 느끼게 된다. 내 폰에는 오랜 기간 몸 담았던 업무의 특성상 정말 많은 사람들의 전화번호가 저장되어 있다. 한때는 일부러 집 앞에 까지 찾아가 소주 한 잔 하던 인연들도 있었고, 아이들이 어릴 적엔 가족 모임을 함께 하던 인연들도 있었다. 하지만 몸이 멀어지면 마음마저 멀어진다는 말은 틀린 말이 아니다. 그 많은 전화번호 가운데 지금껏 연락하고 지내는 이는 정말 드물다. 이동발령만 나도 예전 근무하던 곳이 낯설다는 느낌을 받는데 퇴직이라도 하게 되면 오죽할까 싶다.

　며칠 상간에 직장 외부의 인연들과 연이어 약속이 잡혔다. 한 번은 50+센터 교육에서 알게 된 인연이었고, 다른 한 번은 매일 글쓰기 회원들과의 번개 모임이었다. 같은 관심사를 열린 마음으로 이야기하다 보니 어느새 두세 시간이 훌쩍 지나고 만다. 서로의 얼굴을 보고자 먼 거리에서도 찾아오신 그 마음들이 고마웠다.

　지난 주말의 만남을 통해 느끼는 바가 있다. 오래가는 만남은 느슨한 테두리에서 개인들이 소통하는 만남이라는 것이다. 회사처럼 강한 테두리 안에서는 전체를 위해 개인이 맞추어야 하고 그 테두리를 벗어나면 내부 사람들과는 단절되기가 쉽다. 테두리가 너무 높아 다시 들어가기가 어렵기 때문이다. 그렇다고 테두리가 아예 없는 것은 개인끼리 맺어가는 만남으로 한정되게 마련이다. 여행으로 치면 회사의 인연들은 단체 패키지 여행에 해당한다. 개개인의 사정보다 단체의 일정에 맞추어야 하기 때문이다. 개인이 만들어 가는 인연들은 혼자 가는 배낭여행과 같다. 그런데 동호회 같은 다소 느슨한 테두리의 모임들은 호텔과 항공권만 정해진 단체 배낭여행과 같다. 개인의 독자성은 존중하면서 한데 어울리기도 하는 그런 만남이기 때문이다. 은퇴가 다가오는 사람들에게는 느슨한 테두리의 인연들이 점점 중요해지는 시기이다.

스트레스의 근원

"여러분, 스트레스가 언제 오는지 아십니까? 가능하지 않은 영역에서 최선을 다할 때 스트레스가 옵니다. 우리는 가능한 영역에서 최선을 다하면 됩니다." 어제 참석했던 외부행사에서 강사의 이 말이 귀에 쏙 들어왔다. 보험영업 하는 사람들이 자주 듣는 이야기가 있다. "권유는 나의 영역, 가입은 고객의 영역".

영업하는 사람들이 고객의 거절에 자주 상처를 입으면 그 일을 계속하기가 어렵다. 그런데 조금만 생각해 보면 고객의 거절은 당연한 것이다. 우리는 매력적인 아가씨에게 사귀자는 말을 건넬 때 무조건 "예스"를 기대하지는 않는다. 그런데 어째서 영업에서는 고객의 무조건적인 "예스"를 기대하는 걸까. 이것이 영업하는 사람들이 고객의 거절에 상처를 받는 주된 이유이다.

하지만 "예스"의 답변이 자주 나오게 하는 방법은 있다. 고객에게 권유하고 거절당하면 거절당한 이유를 생각하고 다음 번에는 수정해서 다르게 권유하기를 반복하는 것이다. 이런 사람들은 점점 고객으로부터 "예스"를 자주 받는 영업맨이 되어간다. 그래서 영업을 가장 잘

좀 재미있게 살아볼까

하는 사람은 고객으로부터 가장 많은 거절을 당한 사람이기도 하다. 다만 같은 방법으로 100번을 권유한 사람이 아니라 되는 방법을 찾아 꾸준히 고치고 수정하면서 100번을 권유한 사람이 영업에서도 성장하는 사람이 된다.

영업하는 사람들이 자주 말하는 '권유는 나의 영역, 가입은 고객의 영역'이라는 말을 좀 비틀어 보았다. "하고 안 하고는 나의 영역, 되고 안 되고는 신의 영역". 사람들이 가지는 큰 착각 중의 하나가 내가 하면 무조건 되어야 한다는 착각이다. 하지만 사람의 일이란 게 꼭 그렇지는 않다. 나는 다만 하는 것뿐이고, 그 일이 되고 안 되고는 내 영역이 아니라는 마음을 낼 때 스트레스가 좀 줄어들게 된다. 그 강사의 말처럼 나는 나의 영역에서 최선을 다할 뿐이다.

모듈로 관리하는 인생

모듈(Module)이라는 말은 알 것 같으면서도 설명하기가 참 애매한 단어이다. 몇 가지 정의를 찾아보니 그나마 와 닿는 것이 제품의 기능을 중심으로 관리하는 체계라는 정도이다. 자동차로 치면 엔진기능, 차체기능, 콘트롤 기능 등으로 나누어 그에 맞는 모듈을 미리 만들어 조립하면 자동차가 완성되는 방식이다. 이런 모듈방식은 여러모로 장점이 많은데 아무리 복잡한 작업이라도 그룹단위로 표준화시키면 시간과 노력이 절감되고 제품의 완성도를 높일 수 있다.

이러한 산업의 모듈관리 방식을 개인에게도 적용해 보면 어떨까 한다. 이를테면 직장인의 하루 시간 관리를 크게 네 모듈로 나눈다면 출근 전, 오전, 오후, 퇴근 후가 될 것이다. 인생 사이클을 소득모듈로 나누면 준비단계, 경제활동기, 은퇴 후 의 모듈로 구분 할 수도 있다. 이런 방식으로 자기관리를 하면 어떤 장점이 있을까? 전체적으로 균형 잡힌 관리가 가능할 것 같다. 주변에서 가끔 접하는 사례지만 앞만 보고 열심히 달리던 사람이 건강에 이상이 생겨 한 방에 훅 간다거나 직장에만 올인 하다가 뒤늦게 가정에 문제가 생기는 경우도 본다. 자동차

좀 재미있게 살아볼까

를 움직이려면 각각의 기능들이 제대로 돌아가야 하듯이 인생도 여러 모듈들이 잘 작동해야 큰 문제가 발생하지 않는다.

모듈을 구성하려면 먼저 그룹화 시키는 작업을 해야 한다. 자기계발로 치면 영적 성장, 지식확장, 건강유지로 나눌 수 있겠고 개인의 소득으로 치면 근로소득, 사업소득, 자산소득으로 나눌 수도 있다. 어느 한 분야만 탁월하다고 잘 사는 게 아니다. 잘 산다는 건 전체적으로 균형 잡힌 삶을 의미한다. 인생의 여러 모듈 중 어느 하나에만 치우친 삶을 살다 보면 자칫 열심히 살았지만 잘 살지는 못한 삶이 될 수도 있다. 잘 하는 것으로 더 빛나는 삶도 좋지만 못하는 것으로 무너지는 삶을 조심해야겠다.

이상적인 조직형태

물고기를 한 마리 잡았다. 그런데 그 물고기를 두고 사람들이 잔뜩 나를 둘러쌌다. 크다 작다. 길다 짧다. 왜 그 비용을 들이고 이 정도밖에 못 잡았나. 좀 오래 된 건 아닌가? 누가 잡았나? 보관 상태가 양호하다 못하다. 나는 다만 물고기를 한 마리 잡았을 뿐인데 많은 사람들이 그를 두고 이런저런 평가를 한다. 정작 물고기를 잡은 사실보다 해명하느라 더 힘이 들었다. 앞으로 다시는 물고기를 잡지 말아야겠다.

조직이 그러하다. 누군가는 시장에서 경쟁을 통해 이익의 원천이 되는 역할을 했는데 그를 두고 평가하는 이가 많아지면 그 일을 다시 하고 싶지가 않다. 조직의 각 부서는 저마다의 역할과 논리가 있으니 반박은 못하겠지만 내가 만일 오너라면 누가 내 재산 증식에 도움이 되는 일을 했는지는 알 것 같다. 그게 문제다. 조직은 관리부서가 많으면 많을수록 핵심역량이 분산된다. 100미터 달리기를 빨리만 달리면 될 일을 왼발의 각도와 오른발의 각도를 신경 써야 하고 보폭을 챙겨야 한다. 호흡을 몇 초에 한 번씩 해야 하고 시선의 위치를 챙겨야 한다. 이게 관리부서들의 일이다. 각 부서는 자신의 존재 이유를 증명하기 위해 열심히 일을 해야 하고 그 일로 경영진에게 인정받으려 한다. 관리부서가 더 열심히 일을 하고 보상을 많이 받을수록 현장 사람들은 힘이 빠진다. 그래서 조직이 비대해 진다는 건 우려 할 만한 일이다. 특히 현장보다 관리부서가 커진다는 것은 더더욱 경계해야 한다. 하지만 본사 부서를 슬림화 한다는 건 참 어렵다. 시간이 지날수록 더 커지기는 해도 줄어들기는 어려운 게 관리조직이다.

내가 만일 새로운 조직을 만든다면 이런 조직을 만들고 싶다. 사장의 월급이 고참 직원과 거의 같은 조직. 만일 사장하기 힘들다고 자리를 내어 놓으면 옆의 직원이 바로 그 일을 맡아 수행 할 수 하는 조직을 만들면 어떨까? 하지만 사업이 망하면 정해진 금액 내에서만 손실을 보고 흥하면 사장과 직원이 함께 이익을 나누는 회사형태는 너무 이상적인 형태일까? 누구도 굳이 사장의 지위를 원치 않지만 사정이 생기면 누구라도 사장을 할 수도 있는 그런 조직은 어떤 조직일까?

이런 조직은 첫째, 모든 직원이 그 회사의 주인이 되어야 한다. 그래서 내가 일하는 회사가 곧 나의 회사이기도 하다. 둘째, 이 회사는 직원이 고객이기도 하다. 회사가 만든 상품을 내가 소비도 하는 것이다. 셋째, 이 회사는 나의 책임이 유한해야 한다. 회사가 망해도 내가 망하는 일은 없어야 한다. 나는 회사를 통해 먹고 살지만 회사도 나로 인해 영속할 수 있다면 좋겠다. 그런 회사는 오래오래 갈 것 같다.

그런데 그런 형태의 회사가 있긴 하다. 바로 협동조합의 형태이다. 모든 조합원은 조합 운영의 주체이기도 하고 사업이용의 의무도 진다. 주식회사와는 달리 출자 금액과는 무관하게 의결권은 1인당 한 표만 행사한다. 그리고 투자 리스크는 출자한 금액 이내에서만 진다. 그런 면에서 결과 못지 않게 과정을 챙기는 조직형태이다. 협동조합의 조직 형태를 연구할 만한 가치가 있어 보인다.

좀 재미있게 살아볼까

도장을 가지고 있다

　　프로젝트 관리를 할 때 크리티컬 패스(Critical Path)라는 것이 있다. 중요경로라는 뜻으로 이 과정에서 막히면 일이 더 이상 진척이 안 되어 전체 프로젝트에 미치는 영향도가 큰 과정을 말한다. 프로젝트는 최종적으로 지향하는 목표가 있고 그것을 위해 작은 단위의 작업들로 구성된 일이다. 마치 레고처럼 블록 하나하나가 모여 자동차도 되고 비행기도 되는 작업들이니 프로젝트는 여러 작업들이 모여야 완성이 된다. 그리 보면 프로젝트 관리는 레고블럭을 하나씩 조립하는 과정관리에 비유할 수 있다.

　　최근에 업무방법서를 수정할 일이 생겼다. 작년에 새로운 조직을 하나 만들면서 이 분들의 업무 특성상 평가를 엄격히 할 필요성이 있어 제정했던 내용이었다. 문제는 업무방법서를 개정하기 위해서는 반드시 넘어야 할 것이 제 규정 담당부서의 합의라는 과정이다. 그런데 여기서 이의를 제기하는 상황이 벌어졌다. 작년에 제정할 때는 합의를 해주고선 올해는 일부를 개정하려 하니 상위 인사규정의 개정을 요구한다. 그런데 인사규정은 인사부 소관이라 그 내용을 전달했더니 그건 또 노조 합의를 거쳐야 한다며 난색을 표한다. 결국 인사부에서 중재하기를 문제가 되고 있는 해당 업무방법서를 폐지하고 자체 지침으로 가지고 있으면 어떠냐고 하기에 내 입장에서는 결과만 같으면 되는 일이라 수용을 하기로 했다.

국회에서 법을 제정할 때도 그렇다. 건설이든 노동이든 각 분과위에서 법안을 만들어 본회의에서 의결을 하는데 반드시 거쳐야 할 위원회가 법사위원회이다. 그래서 법사위원장 자리는 여야가 서로 가져가려고 치열한 다툼을 벌이는 자리이다. 특히 이번 21대 국회처럼 여당이 절대 다수인 상황에서 법사위마저 여당이 장악했다면 야당의 견제는 아무런 의미 없는 상황이 되기에 국회 개원초기에 법사위원장 자리를 두고 그렇게 다투었던 것이다.

이런 상황을 두고 도장을 가지고 있다고 한다. 하는 일이란 게 오직 다른 부서에서 가져오는 일에 된다 안 된다 도장만 찍어주는 일이기 때문이다. 대화를 하려면 상대의 이야기를 들을 준비가 되어 있어야 하는데 자신의 의견만 주장하는 일방통행이면 대화 자체가 불가능하다. 그렇다고 책임이 있는 것도 아니다. 권한만 있고 책임은 없는 사람의 목소리가 클수록 실질적인 일을 하는 사람은 자괴감이 드는 법이다. 그런 조직일수록 활력도 떨어지게 된다. 일이란 무조건 열심히 한다고 좋은 게 아니라 왜 하는지를 알아야 모두에게 바람직한 결과를 얻을 수 있다. 역시 일이 힘든 게 아니라 사람이 힘든 거다.

가고 오는 사람들

"형님, 국장이 많이 서운해 하세요. 서로의 상황을 모르는 것도 아니고 그만 두 분이 푸시는 게 어때요"

최근 업무상으로 갈등을 빚었던 터라 이해는 되었다.

하지만 별도 자리를 가져보라는 말에는 좀 지켜보자고 했다. 대조적인 업무의 성격상 당분간 현 상황이 이어질 것 같고, 그러면 언제든 다시 불편한 상황으로 내몰릴 것 같아서다. 상황을 알려준 후배에게는 이해는 하지만 입장이 좀 다르다는 정도로 마무리 했다. 인간관계는 변덕스런 날씨처럼 어제는 좋았다가 오늘은 흐리기도 하고, 죽고 못 살아 결혼했지만 남보다 못한 사이가 되기도 한다. 이것도 나이 탓인지 이제 누군가에게 맞추고 싶다는 생각이 잘 안 든다. 예전에는 어색한 관계가 몹시 불편해 어떡하든 먼저 다가가곤 했는데 점점 껍질이 단단해져 가는지 굳이 그러고 싶지가 않다.

잘 보이고 싶다는 마음은 인정받고 싶다는 마음이다. 하지만 살면서 깨닫는 것은 굳이 그러지 않아도 살아지더라는 거다. 오히려 사람들과의 관계를 원만하게 하느라 힘을 빼느니 나의 모습 그대로를 수용해 주는 사람들과 좀 더 시간을 보내는 것이 낫다고 여긴다. 이제는 누군가에게 좋게 포장된 이미지를 준다는 마음을 내려두게 되는데 이게 편안한 구석도 있다. 요즘은 그런데 쏟을 에너지를 나를 챙기는데 더 쓰려고 있다. 그리고 좀 특이한 사람에 대해서도 여유를 가지게 되었다. 저럴 수도 있구나 참 다르네 정도로 일정한 거리를 두지 굳이 엮이고 싶지가 않다.

언젠가 어머님께 사업을 하시는 막내 이모의 근황을 여쭌 적이 있다. 그때 의외의 답을 들었는데 연락을 안 한지 좀 되었다고 하셨다. 이유인즉 한 번은 돈이 급하다며 금방 갚는다기에 빌려주었는데 차일피일 갚지 않아 아주 심하게 몰아 붙여 받아 내셨다고 한다. 그런 후로 아예 연락을 않더라고 하신다. 어머님의 강한 성품을 알기에 그림이 대강 그려졌다. 마음이 불편하지는 않으신지 다시 여쭈었다. 그때 하신 말씀이다. "인간은 자기가 받은 것은 잊기 쉽고 서운한 것은 오래 남지. 아버지 일찍 돌아가시고 언니가 부모 역할을 하며 여섯 동생들 고등학교까지 마치게 한 걸 생각하면 저가 나한테 이러면 안되지. 하지만 사람이 누군가에게 베푼 건 빨리 잊어버리는 게 좋아. 안 그러면 내 맘이 불편하거든. 형제간에 돈 거래 하는 게 아니란 걸 알면서도 하도 죽는 소리 하기에 빌려 주었더니 이리 되었네. 그냥 너는 그 정도의 사람이구나 하고 마는 거지 내가 어쩌겠니. 저러다 다시 오면 받아주는 거고 아니면 마는 거지". 역시 어머니는 정리의 달인 이시다.

그냥 가만히 있어도 올 사람은 오고 떠날 사람은 떠나는 게 인간 관계이다. 요즘 드는 생각은 사람이 오고 감에 너무 집착할 게 아니라는 생각이 든다.

좀 재미있게 살아볼까

오랜만에 크게 화를 내다

　　인간(人間)이라는 한자의 뜻이 사람과 사람 사이라는 뜻인데 아무리 봐도 적절한 조어인 것 같다. 매일 부대끼는 게 사람이지만 매일 어려운 게 관계이다. 회사가 금융감독원 감사를 받다 보니 신경이 다소 예민해 있었나 보다. 게다가 코로나로 인한 재택 근무가 진행되다 보니 직원들 몇몇은 늘 빠져있는 상황에서 감사를 받고 있다. 감사는 항상 창과 방패의 한 판 겨루기와도 같다. 검사역이 창으로 찌르면 이 쪽에선 피하거나 방패로 적절히 방어해야 한다. 어제 감사장에서 자료설명을 요청하는 연락이 왔기에 사람을 보내려 하니 담당직원은 재택이었다. 하여 그나마 현황을 좀 아는 직원에게 올라가 소명을 하라고 했더니 자신의 일이 아닌 것 같다며 안 가겠다고 했다. 이 말에 나는 완전 열이 뻗치고 말았다. 그 직원에게 큰 호통과 함께 한 바탕 쏟아내고 나니 주변이 살벌해진다. 결국 다른 사람을 올려 보내고는 마음을 가라앉히고 그 직원을 회의실로 불렀다. 평소 자신은 승진도 관심 없고 평정도 상관없으니 귀찮게 하지 말고 그냥 내버려두라는 태도로 일관하는 직원이었다. 데이터 분석이나 리포팅 능력은 뛰어난 편인데 태도가 너무 불성실해 주위에서 기피하는 직원이다. 하지만 아무리 그래도 지금은 감사기간이지 않은가. 그의 그런 모습을 대하니 정말 화가 났다. 면담을 통해 이성적 상황에서 다시 한 번 질책했고 본인의 의견을 들었다. 한바탕 폭풍이 지나가고 나니 좀 허탈해지면서 은퇴하면 더 이상 저런 꼴을 안 봐도 되겠지 싶어 위안이 될 정도이다. 그리고는 여유를 되찾으니 나의 질책방식에 문제가 없었는지 돌아보게 된다.

사람을 질책할 때는 몇 가지 방법이 있다.

일단 질책을 하는 일과 사람을 분리해야 한다. 상대를 미워하는 마음이 있으면 내 성질 한 번 부리고 마는 수준이지 정작 개선은 어렵다고 본다. 가장 좋은 것은 상대에게 애정을 가진 상태에서 하는 질책이다. 상대에게도 그 마음은 전달 되는 것 같다. 그리고 질책과 잔소리를 혼동해서는 안 된다. 잔소리는 나를 위한 것이고 질책은 상대를 위한 것이다. 그래서 잔소리를 들으면 내용이 남아 있지 않지만 질책은 뭔가 큰 과제를 받은 느낌이 든다.

또한 내가 무엇 때문에 화가 났는지 구체적으로 전달해야 한다. "당신은 매사에 왜 그 모양이야"는 질책이 아니다. 메시지가 없고 그냥 미운 감정만 전달했기 때문이다. 사람은 상대로부터 부정적 감정을 전달 받으면 반감이 생긴다. 하지만 질책을 받으면 반감보다는 반성을 하게 된다. 질책은 주어를 "나"로 해서 구체적 사안을 전달하는 게 좋다. "나는 지금 당신의 이기심 때문에 정말 화가 난다. 내가 지금 당신에게 무리한 요구를 하는 거야?"

　　마지막으로 내가 생각하는 화를 가장 나이스하게 내는 방법은
이러하다. 지금 화가 올라오는 구나를 깨닫고 그럼에도 화를 내야겠다
는 단계를 하나 거치는 방식이다. 이럴 경우 목소리가 높고 화를 내면
서도 상황을 완전히 통제하는 느낌이 든다. 마치 배우가 화내는 연기를
하는 것과 같다. 하지만 쉬운 일은 아니다. 보통은 화가 올라오자마자
그냥 질러 버린다. 자극과 반응 사이에는 분명 선택이란 것이 있는데 욱
하는 감정 때문에 그 단계를 못보고 지나치고 만다. 어제 내가 화를 냈던
수준은 100점 만점에 60점 정도는 되었던 것 같다. 예전에는 정말 눈에
보이는 게 없을 정도여서 물건을 집어 던지기도 했었는데 그에 비하면
많이 나아진 수준이다. 이것도 불교의 가르침을 배우고 수행한 덕분인
가 보다. 퇴근길에 그 직원을 불러 소주를 한 잔 먹였다. 사람과 사람 사
이라는 뜻의 인간(人間)이라는 조어는 정말 잘 만든 글자이다.

Chapter 4.

세상을 보는 재미

미래의 일하는 방식

　　코로나 이후 많이 달라진 직장 분위기를 통해 미래의 일하는 방식을 생각하다 어쩐지 많이 익숙하다는 느낌이 들었다. 바로 보험설계사들의 일하는 방식과 비슷해 보여서다. 그들의 일하는 방식을 통해 미래의 일을 가늠해 본다.

첫째, 고정된 일터가 없다.

　　코로나로 인해 많은 일이 온라인으로 대체되고 있다. 대면만큼 몰입도는 없지만 정보를 전달하고 공유하는 수준으로는 충분하다. 비대면이 주가 되고 대면이 보조적이라면 회사가 사무용 부동산에 비용을 들일 이유가 없다. 각자 일하다 만남이 필요하면 카페나 공간을 빌려 정기적 미팅을 가지면 되고 이후 식사하고 헤어져도 무리가 없을 것이다. 어떤 일을 하느냐에 따라 달라질 수 있겠지만 화이트 칼라의 일이라면 충분히 가능해 보인다. 이는 설계사들에게 이미 익숙한 방식이다. 그들에겐 현장이 일터이지 사무실은 오전에 잠깐 머무는 장소일 뿐이다.

둘째, 회사에 대한 소속감이 낮다.

설계사와 회사의 관계는 주고 받는 게 확실하다. 내가 영업하는 만큼 회사로부터 받아야 하고 당당히 그 사실을 주장한다. 만일 보상이 기대에 못 미치면 미련 없이 회사를 떠나는데 이는 직원들과는 많이 다른 모습이다. 시장에는 설계사들이 갈 수 있는 보험회사나 대리점은 늘려 있기에 굳이 특정 회사에 충성을 다 할 이유는 없는 것이다. 설계사에게 회사는 지극히 사업적인 파트너인데 자신의 영업에 도움이 되는 브랜드 이미지와 상품, 수수료 체계를 갖추었다면 남겠지만 그게 아니라면 굳이 머물 이유가 없는 것이다. 그만큼 설계사들은 개체성이 강하다. 그런데 최근 코로나로 출근하는 날이 줄어들면서 직원들도 회사와 개인의 관계를 독립적으로 보게 되었다. 회사는 나와 근로계약을 맺은 갑을 관계에 불과함을 인식하는 것 같다.

셋째, N잡러가 되기도 한다.

설계사들이 보험영업 한 가지만 하는 것은 아니다. 집중도 면에서는 떨어지겠지만 영업이라면 상조부터 다단계까지 다양한 일을 겸업하는 경우가 있다. 미래의 일도 이렇게 변모 할 것 같다. 재택 근무를 하는 직원이 집에서 주식을 하든 비트코인을 하든 알 수 없는 노릇이다. N잡러라고도 하는데 미래는 자신의 일이 한 회사에 소속된 한 가지 일만 하리란 보장이 없어 보인다.

넷째, 마음 맞는 이들끼리 무리지어 다닌다.

　　설계사는 자신을 관리해 주는 관리자에게 강한 소속감을 가지고 있다. 그래서 직장을 이직할 때는 관리자와 조직 단위로 이동하는 경향이 있다. 대신 관리자는 자신을 믿고 오는 만큼 설계사에 대한 강한 책임감을 가지고 있는데 팀 단위 이동 시에는 좀 더 좋은 조건을 위해 회사와 협상하는 대표적 위치에 서기도 한다. 그래서 관리자도 회사에 대한 소속감 보다는 독립된 사업자로 대하는 게 맞다. 역시 미래에는 일반적인 일의 경우에도 이런 경향이 예상된다. 팀 단위로 일하는 경우라면 회사는 저 조직이 팀 단위로 이직할 가능성을 염두에 두어야할 것이다.

　　간단히 언급해 보았지만 코로나로 바뀌는 일터의 분위기가 보험업계에서는 이미 익숙한 일상으로 보여 그리 낯설지가 않다. 미래의 우리 일터는 어쩐지 설계사의 일하는 방식으로 변모할 것 같다.

이슬람 히잡을 쓴 한국인

뜬금없는 뉴스를 보았다. 공군 수송기가 아프간인 390명을 태우고 한국으로 올 것이라는 내용이었다. 날로 혼란스러워지는 현지 사정을 아는 터라 생각보다 많은 인원을 데려온다는 정도로만 알았다. 그리고 철수 마지막까지 남은 교민 한 명을 설득하느라 대사관 직원 세 명이 남았다는 소식에는 '그 사람 참 대단하네. 당장 죽을지도 모르는데 재산 때문에 그 위험한 곳에 남겠다고 고집을 피우나 보다'정도로 여겼다. 그런데 알고 보니 이게 대단한 성과였다. 탈레반이 점령한 아프간 현지에서 한국을 도왔던 현지인과 그 가족들을 탈출시키는 일은 우리가 몰랐던 군사작전이었던 것이다. 공항까지 들어오기까지 비상연락망을 가동하여 집결시켰고 마지막까지 남았던 사업가의 사업장이 사실은 그들이 임시로 머물렀던 장소임이 드러났다. 수송기에 언제 날아들지 모르는 지대공 미사일과 탈레반의 검문소 감시를 뚫고 390명을 이송할 수 있었다는 게 작전명 그대로 '미라클'이었던 셈이다. 다른 나라들은 현지인 협력자는 물론 자국민도 탈출시키지 못한 상황도 있어 철수시한이 지나면 탈레반의 인질 처지에 놓일 것도 같다. 한국의 수송기가 탈출한 지 하루 만에 공항 근처에서 폭탄테러까지 일어난 걸로 보면 현지 상황이 얼마나 혼란스러운지 짐작이 간다. 불과 며칠 상간에 일어난 작전의 전모를 알게 되니 새삼 우리의 대처능력이 상당히 빠르다는 느낌을 받았고 자긍심도 가진다.

그런데 공항을 통해 들어오는 아프간 사람들을 보며 드는 생각이 있다. 앞으로 더 많은 외국인들이 이 땅에서 살고자 할 텐데 나는 그들과 함께 살아갈 준비가 되었을까였다. 한국은 세계에서도 보기 드문 저출산 국가이며 고령화가 빠른 나라이다. 100년 후에는 서울 인구가 지금의 4분의 1이 된다고 하니 인구감소 속도가 얼마나 심각한지 알수 있다. 그 빈 자리를 외국인들이 채워가는 대한민국을 상상해 본다. 그들이 아래 직원이거나 동료일 때는 모르겠지만 외국인 노동자를 상사로 모시고 근무하는 환경을 생각해 보면 느낌이 되게 이상할 것 같다. 한국인이 미국에서 겪는 인종차별에 분개하듯 그들은 이 땅에서 받을 차별을 문제 삼을지도 모른다. 그런데 지금 이런 상황이 실제로 이루어지고 있다. 바로 건설 현장에서다. 건설은 공정에 따라 인력이 투입되는데 젊은 한국인들이 3D 업종이라 기피하는 사이에 그 분야는 급격히 외국인 노동자로 채워지더니 이제는 외국인 노동자가 반장이 되기도 하고 그 밑에서 한국인 노동자들이 일을 하고 있다는 것이다. 이러한 상황이 사회전반으로 확대되었을 때 한국인들은 수용할 준비가 되어 있을까? 쉽지 않은 문제이다.

그러면 외국인 노동자를 받지 않으면 어떻게 될까. 이웃 일본처럼 활력이 떨어진 국가가 될지도 모른다. 일본은 순혈주의 성격이 강해 이민을 잘 받지도 않고 차별도 심해 외국인이 그 속에서 살아가기가 힘들다고 한다. 만일 일본이 인구 고령화로 접어들 즈음 적극적인 이민정책을 폈다면 예전처럼 경제나 사회의 활력이 유지되었을지도 모른다. 하지만 한국도 일본 못지 않게 외국인 차별이 심한 나라이다. 단일민족이라는 교육을 오랫동안 받아서인지 우리라는 의식이 강하다. 저출산 고령화의 한국이 개방적인 이민정책을 펴지 않고 지속적인 성장과 발전을 누리고자 한다면 대안은 하나다. 바로 북한과의 교류와 협력에서 찾을 수 밖에 없다. 인천공항을 통해 들어오는 히잡 쓴 사람들을 보며 외국인들이 한국 사회에 점점 더 퍼져 나갔을 때의 미래를 생각해 보았다.

이 사람을 보는 마음

    법원 항소심 공판에 출석한 전두환 전 대통령에 관한 뉴스를 보았다. 다른 무엇보다 왜소하고 수척해진 모습이 인상 깊었다. 지난 1심 때 저 정도는 아니었는데 아흔을 넘긴 노인의 육체는 하루하루가 다른가 보다. 혈액암에 치매까지 앓고 있다 하니 앞으로 얼마나 살까 싶다. 지금껏 이 땅에 살아 오면서 꽤 많은 대통령들의 화려한 등장과 퇴장을 보아왔다. 나의 정신적 성장에 따라 그들의 이미지도 각기 다르게 각인되어 있지만 전두환과 노무현이라는 사람만큼 인상 깊은 대통령도 없는 것 같다. 한 사람은 살고 있지만 죽은 것보다 못해 보이고, 한 사람은 죽었지만 더 살아있는 것 같은 사람이다.

    박정희 대통령이 시해 당한 10.26 사태로 갑자기 등장한 전두환이라는 사람은 당시 보안사령관으로 육군 소장이었다. 강한 보스 기질을 기반으로 군을 동원해 혼란스러운 국내 상황을 재빠르게 수습했지만 한국 현대사의 큰 비극인 광주 사태의 핵심 인물이기도 했다. 나이 구십의 치매 노인임에도 여전히 기자들이 구름처럼 몰려드는 걸 보면 그의 생이 얼마나 드라마틱한지 보여주는 것 같다. 그의 등장 시기는 내가 중학생이던 시절이었다. 그가 대통령이 될 당시도 기억나는데 지금처럼 직선제는 아니었다. 유신정권이 만들어낸 대통령 간접선거 방식이었는데 학교 담벼락에 붙어 있던 '통일주체국민회의' 대통령 선거인단을 뽑는 선거공보가 기억난다. 전국에서 선출된 선거인단이 서울의 장충체육관에 모여 대통령 선거를 치르는 간접선거 방식이었다. 그는 나의 중고등 시절과 대학 시절까지의 대통령으로 남아 있다. 갑자기 대학시험의 본고사가 폐지되고 교복 자율화가 이루어졌으며 사적 과외가 금지되었고 12시 통행금지가 없어졌다. 문신 있는 사람들은 죄다 삼청교육대로 끌고가 정신개조를 시켜대던 시절이었다. 그의 재임 당시 수많은 민주인사들이 고초를 치렀으나 정작 나는 그 사실을 나중에야 알았다. 나의 학창시절은 학점과 장학금, 군 문제와 취업에 더 관심이 있던 평범한 학생이었는데 내가 특이한 게 아니라 주변의 대부분이 그러했다. 지금에야 586민주화 세대라고 하지만 과연 그 당시 정말 시대적 소명의식을 지니고 민주화 운동을 하던 이가 얼마나 되었을까 싶다. 어쩌면 보수야당에서 영향력을 발휘하는 많은 사람들은 그 당시 도서관에 있었던 학생들이지 않을까. 아웅산 폭탄테러도 생각난다. 당시 동남아 순방 중이던 전두환 대통령을 암살할 목적이었는데 대통령은 살고 많은 장관들이 유명을 달리한 사건이었다. 이후 86 아시안 게임을 치르고 88 올림픽까지 유치하는 등 그의 대통령 시절 기억은 우리나라가 경제적으로 성장의 가도를 타고 올라가던 시기였다. 한 쪽에서는 직접적인 피해를 입었던 광주시민들과 민주 인사들이 많은 탄압을 받았지만 직접적인 영향 없이 개인의 안위만 생각하는 사람들에게는 별 거부감이 없던 사람이기도 했다. 나중에야 지금의 민주화가 그냥 이루어진 것이 아님을 알게 되었지만 그것은 시대가 한참 지난 후의 일이다. 가끔 아이들로부터 전두환이라는 사람을 희화화 하는 이야기를 들을 때가 있는데 격세지감을 느낀다. 얼마나 그 시절 서슬 퍼런 시대를 지내왔는지 모르고 하는 소리기 때문이다.

구십 노인의 초라한 모습을 보며 이 나라의 현대사가 저렇게 마무리 되는구나 싶었다. 그와 더불어 당시 학생신분이었던 나도 배가 불룩한 중년의 아저씨가 되고 말았다.

자유의지는 없다

자유의지라는 말이 거창해 보이지만 의지와 같은 말이다. 일상에서 내가 하는 행동들을 내 의지대로 한다고 여기는데 과학자들이 밝혀낸 바에 의하면 인간에겐 의지란 없다는 결론에 이르렀다고 한다. 즉, "자유의지란 없다"이다. 이건 좀 이상하다. 내가 산에 가고, 쉬고 싶지만 일하러 가고, 누구를 만나는 이 모든 것은 내 의지대로 하는 일인데 그게 내 의지가 아니라고 하니 말이다. 어떤 실험이었는지 알아보니 fMRI를 통해 인간의 뇌를 연구하니 '오른손을 들어야지'라는 의식을 하기 전에 나의 뇌는 오른손을 들라는 명령이 먼저 일어나더라고 한다. 그렇다면 인간의 의지는 무언가에 의해 조종을 받는다는 것인데 그게 뭘까? 붓다는 '조건'을 말씀하신다. 학생이 아무리 '공부를 해야지'하고 결심한다고 공부를 하는 것은 아니고 조건이 갖춰질 때 스스로 공부를 하게 된다는 말이다. 그러니 무언가를 하겠다고 결심하는 일보다는 그것을 할 수 있는 상황을 만드는 게 더 중요하다는 의미겠다.

무언가를 하긴 해야 하는데 하기 싫은 경우가 있다. 왜 그럴까? 그 이유는 익숙하지 않기 때문이라고 한다. 인간은 기본적으로 변화를

좀 재미있게 살아볼까

싫어하는데 안 하던 것을 한다는 것은 새로운 변화를 주어야 하는 일이니 일단 거부부터 하게 되는 것이다. 그러니 방법은 그 행동을 많이 하는 수 밖에 없다. 아침에 일어나 운동하기 싫다는 마음이 있지만 일단 알람이 울리면 밖으로 나가는 행동을 반복하다 보면 어느덧 운동을 하고 있는 자신을 보게 된다. 나의 경우를 보면 작년 코로나로 20년 넘게 해오던 아침 헬스를 본의 아니게 중단하고 찾은 대안이 아침 산행이었다. 그 전에 산행을 싫어했던 이유는 헬스는 그날 컨디션에 따라 언제든 시간을 조절할 수 있는데 산행은 일단 나가면 정해진 시간을 돌아야 하기 때문이었다. 하지만 이것도 매일 하다 보니 나중에는 알람이 울리면 비가 와도 우산을 받쳐들고 산에 가는 상황에 이르렀다. 역시 익숙해지면 하기가 수월한 법이다. 그리 보면 지금 나의 과제라 할 현재에 집중하는 것도 계속 연습이 필요하리라 여겨진다.

중독의 속성은 어떤 것을 너무 많이 했다는 데 있다. 많이 했다는 것은 익숙하다는 것이고 생각이 개입할 여지도 없이 자동으로 다시 가 버리는 것이 중독이다. 알코올 중독자가 술집에서 술을 안 마시기는 불가능하니 술집이 보이면 멀리 돌아가는 등 물리적으로 조건을 만드는 게 중요하다고 한다. 마음이 가는 곳에 몸이 간다. 마음은 어딘가에는 가 있고 가는 곳으로 길이 나는 속성이 있으니 중독이 그토록 고치기 힘든 이유이다.

'일체유심조'라 하여 모든 것은 마음에 달렸다는 말이긴 하지만 마음을 마음대로 먹을 수 있는가는 다른 문제라고 한다. 붓다는 이 몸도 느낌도 의지도 내 것이 아니라고 하셨다. 내 것이라면 아프고 싶지 않은 데 아프고 우울하고 싶지 않은데 우울하며 해야 하는 데 하기 싫을 리가 없다. 다만 조건에 따라 생겼다 사라질 뿐이라는 말씀이다. 다만 내가 할 수 있는 것은 좋은 조건을 만들어 좋은 선택을 할 수 있게끔 만들어 주는 일이겠다.

참고) 전현수 박사 "마음테라피"

좀 재미있게 살아볼까

참 간단한 세상의 이치

선인낙과(善因樂果) 악인고과(惡因苦果)

지난 주 입추가 지나고 이번 주 말복이 온다. 가을의 시작과 더위의 끝이라는 절기의 글자 뜻이 어쩜 이리도 정확한지 이제 에어컨을 켜지 않고도 지낼만한 수준이 되었다. 새삼 옛 조상님들의 지혜가 우러러 보인다. 코로나 사태와 계절의 나고 듦을 보면서 이 우주에서 인간이 얼마나 미미한 존재인지를 느끼게 된다. 우리가 제 아무리 고개를 빳빳하게 들고 잘난 체 한들 세상은 세상의 이치대로 돌아가고 있다. 요즘 '전현수 박사의 마음테라피'라는 강의에 꽂혀서 듣고 있다. 정신의학자인 강사는 붓다의 가르침에 현대 정신의학을 접목시켜 설득력을 더하는 것 같다. 최근 본 영상은 '세상의 이치'라는 주제였는데 내용은 대강 다음과 같다.

세상은 '생명이 있는 것'과 '생명이 없는 것'으로 나누어 지며 생명이 없는 것은 물리 법칙으로 움직이고 생명이 있는 것은 조건에 따라 움직인다. 이제 사람들은 계절의 변화는 지구가 태양주위를 공전

한 결과라는 것을 잘 알고 있다. 이처럼 거대한 우주의 순환도 물질계의 원리에 따라 움직이고 있다. 하지만 그 큰 우주에 비해 생명체는 참 미미한 존재인데 인간도 그에 속한다. 이러한 인간은 "나"와 "남"으로 구분되는데 이것을 그림으로 나타내면 "나"를 동심원의 중심에 두고 "남"들이 "나"를 에워싸고 있으며 그 바깥을 우주와 같은 생명 없는 것들이 둘러싸고 있는 모습이다. 그리고 이들은 서로 주고 받는 "상호작용"을 하며 전체를 안정되게 유지하는 모습이 세상의 이치라고 했다.

전체 그림은 이해가 되는데 "그래서 어쩌라고?"

여기서 중요한 것이 "상호작용"이다. 상호작용에 관한 너무도 간단한 불교의 가르침이 있다. 선인낙과(善因樂果) 악인고과(惡因苦果)이다. 글자 그대로 해석하면 원인이 좋으면 즐거운(좋은) 결과가 오고, 원인이 안 좋으면 괴로운 결과가 온다는 뜻이다. 이 말에는 좀 시큰둥해진다. 주변에 일어나는 일들이 꼭 그렇지만은 않아서다. 그런데 가을의 문턱인 입추가 여름의 끝인 말복보다 먼저 오듯이 원인에 따른 결과의 나타남은 아날로그처럼 시차가 좀 있는 것 같다. 천천히 바뀌어 간다는 말이다.

그러면 대체 무엇이 "선"이고 무엇이 "악"이라는 것인가? 범부중생은 나에게 좋은 것은 "선"이고 나에게 안 좋은 것은 "악"이라고 여기며 살아가지만 붓다의 가르침은 그게 아니었다. 불교에서의 "선"

　　　　　　　　　　　　　좀 재미있게 살아볼까

은 나도 좋고 남도 좋은 것을 말한다. 생명체도 좋고 공기나 바위처럼 생명 없는 것들도 좋은 것을 '선'이라고 한다. 과학자들은 지금의 코로나도 인간의 이기심 때문에 자연을 훼손한 결과임을 인정하는 분위기다. 이처럼 나는 좋은 데 남이 안 좋거나 남은 좋지만 나는 안 좋은 것을 불교에서는 '악'이라 규정하는 것 같다. 상호작용으로 유지되는 세상의 이치는 나도 좋고 남도 좋은 것을 추구해야 좋은 결과를 얻을 수 있음을 알려준다. 그래서 오직 나에게만 관심을 가지는 행동은 결과적으로 불행을 초래한다. 세상은 나와 남, 생명이 없는 것들의 상호작용으로 이루어지는데 세계를 온통 자신에게만 한정 지으면 다른 것들과의 작용에 문제가 생기기 때문이다. 극단적으로 자신의 세계에만 갇혀 지내는 사람을 정신병자라고 한다.

구분 되다

구분한다는 것은 다르다는 것을 받아들인다는 의미기도 하다. 최진석은 그의 책 '인간이 그리는 무늬'에서 유럽에서 중세와 근대를 구분하는 기준은 베이컨의 '아는 것이 힘이다'와 데카르트의 '나는 생각한다. 고로 존재한다'라는 철학적 언급 이후라고 했다. 이 시기부터 인간 이성이 지배하는 시대가 열렸고 그 시대를 사람들은 근대라고 부른다고 했다. 시대를 구분한다는 것은 한 시대를 살던 인간들을 구분한다는 것이고 그것은 그들이 가진 세계관의 구분이다. 태양이 지구를 돈다고 믿는 사람들과 지구가 태양 주위를 돈다고 믿는 사람들은 서로 다른 사람들이다. 전자는 자연에 순응하는 인간이겠지만 후자는 이성으로 자연을 극복하는 힘이 생긴 인간이기 때문이다. 그리 보면 지금의 시대는 2021년이지만 인간의 세계관이나 가치관은 여전히 근대에 머물러 있다고 봐야겠다. 과학과 기술은 이성의 산물이고 대부분의 사람들은 그 부산물을 향유하는 가운데 인간 이성을 절대시하며 살아가기 때문이다.

시대를 중세와 근대로 구분하듯 한 개인도 그의 일생을 시기별로 구분 지을 수 있다. 보통의 사람들은 성장하면서 생각도 달라진다. 유년시절을 돌아보면 지금 내가 지닌 생각의 격차를 알 수 있다. 몸은 성장했고 생각은 성숙해졌다. 그런데 그 분기점은 언제부터였을까? 생애주기별로는 유아기, 아동기, 청소년기, 청년기, 중년기, 노년기로 나누지만 그것은 신체변화와 사회 속의 역할 중심으로 나눈 것이고 가치관이나 생각의 변화는 개인마다 좀 다를 수도 있겠다. 인도의 경전 베다에는 인간은 세 번 태어난다고 했다. 출생으로, 영적 교육으로 마지막은 죽어서 태어난다는 것이다. 생물학적인 출생 이후 제도권에서 배우는 과정은 육체의 건사를 위한 과정에 불과하지만 영적 교육으로 두번째 탄생은 누구나 거치는 단계는 아닐 것 같다. 그냥 출생 이후 죽음으로 가는 사람들이 대부분일 것 같아서다.

그 정도의 깊이는 아닐지라도 내 생에 두 번 정도의 분기점은 있었던 것 같다. 그 첫 번째는 경제적 독립이었다. 나에겐 그 시기가 좀 빨랐는데 만 23세 군생활을 통해 첫 장교 월급을 받았을 때이다. 그 후로 취업하고 지금껏 이어졌으니 지금의 세태로 보면 무척 빠른 경제적 독립인 셈이다. 아무리 부모의 재산으로 살아갈 수 있는 여건이라도 성년이 되었다면 혼자의 힘으로 살아갈 수는 있어야 독립이 된다. 자신의 기본적인 생활을 누군가에게 의존해야 하는 것만큼 자존감이 떨어지는 일도 없기 때문이다. 이것이 요즘 청년들의 백수상태가 염려되는 이유기도 하다.

두 번째는 인간은 누구나 홀로 설 수 밖에 없고 그래서 이기적이란 사실을 알았을 때이다. 나는 부모님의 큰 사고와 수술을 어렸을 때 겪었는데 그 때 그런 생각이 들었다. 지금 곁에 있는 가장 든든한 사람들이 언제든 내 곁을 떠날 수도 있다는 사실이 충격이었는데 더 이상한 것은 부모님의 사고를 통해 나를 더 걱정하고 있음을 깨달았을 때이다. '나는 앞으로 어떻게 먹고 살지' 사실 이게 더 놀라웠다. 벌어진 상황은 부모님을 염려해야 하는데 마음은 나를 걱정하고 있었던 것이다.

시대를 구분하는 분기점이 있듯 개인의 삶도 그런 계기가 있다. 그리고 그 전과 후는 같은 사람이 아닌 것처럼 보이기도 하다.

메타버스와 NFT

　"선배님, 메타버스나 NFT 같은 디지털자산에 관심을 가져보세요. 시대가 생각보다 빨리 변하고 있어요." 신촌과 강남에서 두 곳의 중국 찻집을 운영하고 있는 후배는 이 시대의 투자 흐름을 읽는 탁월한 재능이 있는 것 같다. 수 년 전에는 코인 채굴기를 설치했다며 이름마저 생소한 이더리움이라는 가상화폐를 나에게 소개 한 적이 있었다. 그 후 비트코인이나 이더리움이라는 이름이 사람들에게 익숙해질 무렵 코로나가 왔었고 후배는 가상화폐 투자로 꽤 많은 수익을 거둔 것 같았다. 최근 코로나 이후 매장의 매출은 급감했지만 그 동안 채굴했던 가상화폐를 팔아 현상을 유지하고 있다는 말도 전해 주었다. 지금의 시대는 지구를 통째로 가상의 공간에 구현해서 부동산을 그리드별로 쪼개어 사람들에게 판다고 할 땐 좀 혼란스러웠다. 대동강 물을 팔았다는 봉이 김선달도 아니고 어떻게 그런 생각을 했는지 그리고 그걸 정말 구입하는 사람이 있다는 것도 이상하다.

　후배의 말을 듣고는 자산가치에 대해 근원적으로 생각을 해본다. 금은 왜 가치가 나가는 걸까. 그리고 실 생활에 별 쓸모도 없는 가상화폐는 왜 그리 높은 가격에 거래되고 있는 걸까. 그것은 사람들이 가치를 두기 때문이다. 반짝이는 금속이 금만은 아닐진대 사람들은 금을 귀하게 여기고 비싸게 거래를 한다. 그리보면 후배가 말하는 메타버스나 NFT의 가치에 사람들이 신뢰를 준다면 자산이 될 수도 있겠다 싶다. 그런데 메타버스나 NFT란게 대체 무엇이란 말인가? 궁금하면 찾게 되어 있다.

메타버스에 대해 이야기 하면 스필버그 감독의 <레디 플레이어 원>이라는 영화를 예로 든다. 나도 그 영화를 보았지만 예전 <쥬라기 공원>만큼의 감동은 아니었다. 주인공은 현실에서는 빈민가의 비참한 삶을 살아가지만 고글을 쓰고 가상의 세계로 들어가면 모두가 부러워하는 자동차 경주의 영웅이 되어 있었다. 게다가 비록 가상의 세계지만 슈트를 입으면 실제와 같은 느낌도 받는다. 메타버스는 코로나 이후 급격히 부상한 면이 있는데 사람들이 현실 세계에서 만남을 갖지 못하게 되자 가상의 공간에서 자신의 아바타를 만들어 만나기도 하고 가상의 공간에서 함께 놀러도 다닌다. 블랙핑크는 이 가상의 공간에서 팬 사인회도 열었는데 전 세계에서 천만 명 정도가 모였다고 한다. 현실의 공간에서는 불가능한 이야기다.

그러면 NFT는무엇일까? 이것은 '대체불가토큰'으로 디지털 세상에서 복제가 불가능한 원본임을 입증하는 토큰 같은 것이라고 봐

좀 재미있게 살아볼까

야 할 것 같다. 어떤 아티스트가 컴퓨터 작업을 통해 그림을 그렸다고 하자. 보통 컴퓨터상의 파일은 복사가 가능하다. 그런데 이 그림은 블록체인 기술로 '대체불가토큰'인 NFT에 담아 세상 유일한 원본으로 만들어 복제를 할 수 없게 만들었다. 그리고 이것은 오직 네트워크나 디지털 세상에서만 볼 수 있고 현실 세계에서는 볼 수도 만질 수도 없는 그림이다. 이런 그림이 실제 거래가 되었다. 디지털 그림 '워 님프'는 65억원에 거래가 되었다고 한다. 대체 지금 세상에는 무슨 일들이 일어나고 있는 걸까.

2017년 강남에서 근무할 때 지하철역에서 배우 이동욱을 내세운 '코인원'이라는 가상화폐 거래소 광고를 보게 되었다. 당시 테헤란로 일대의 보험설계사 들 중 많은 사람들이 가상화폐 다단계 사업을 겸업하고 있었다. '저게 될까?'라는 게 솔직한 심정이었고 그 마음은 지금도 마찬가지다. 하지만 결과적으로 보면 당시 비트코인이나 이더리움을 구입했더라면 후배처럼 꽤 많은 수익을 올렸을 거다. 지금도 신뢰는 안 가기에 그에 대한 아쉬움은 없지만 가치를 지닌 자산의 대상이 다양해지고 있다는 건 인정해야 할 것 같다. 5년 후 혹시 내가 이런 글을 쓸지도 모르겠다. '2021년에 메타버스와 NFT를 알았는데 그 때 투자를 했으면 돈을 몇 배나 벌었을 것이다'고. 하지만 나에게 가상의 세상은 여전히 낯설다.

경제 삼투막을 떠올리다

정부는 소득하위 88%에 대한 전 국민 재난 지원금을 지급한다고 발표했다. 또 한 번 돈이 왕창 풀릴 예정이다. 돈을 저렇게 마구 풀면 앞으로 어떻게 될까? 내가 가지고 있는 돈의 가치가 자꾸 떨어지는 건 당연하고 부동산이나 주식 같은 자산 가격이나 물가는 계속 오를 것이다. 너무도 간단한 이치다. 그렇다면 당연히 내가 가지고 있는 돈으로 부동산이나 주식 투자라도 해야 하는데 정작 그럴 수 있는 사람은 많지가 않다. 그 돈들은 대부분 부자들에게 몰려 있기 때문이다. 이른바 빈부격차이다. 사정이 이러하니 있는 사람과 없는 사람의 차이는 더 벌어지고 만다. 결국 정부가 있는 사람에게 세금을 더 걷어 없는 사람에게 나눠 주는 역할을 해야 하는데 과연 잘 기능 할 지 모르겠다. 금리를 올리겠다는 이야기도 나오는데 큰 부자들이 걱정하기 보다는 빚을 잔뜩 내어 부동산 구입한 애매한 사람들만 죽어날 것이다. 증권사에 근무하는 직원 말로는 큰 부자들은 수익을 많이 내기 보다는 원금 손실을 싫어하는 안정 성향을 보인다고 한다. 지키는 것을 우선시 한다는 건데 당연한 말이다.

좀 재미있게 살아볼까

그러면 앞으로는 어떻게 될까? 전 국민에게 재난지원금이 지급되었으니 샤워장의 모든 수도 꼭지에서 재난지원금이라는 물이 콸콸 쏟아져 나왔다. 이 물은 결국 욕실 바닥으로 떨어져 한 군데로 모이는데 그 곳이 배수구이다. 그 배수구가 부자들이다. 우리 사회에서 기업을 운영하거나 자산을 가지고 있는 사람들을 말한다. 어쩌면 재난지원금은 죽어가는 사람들에게 산소호흡기를 급히 들이댄 거나 다름없다. 이 코로나 경제에 달리 무슨 방법이 있었을까도 싶다. 그 와중에 돈은 넘쳐난다. 지금 시중에는 돈이 얼마나 풀려 있을까? 2021.5월 기준 한국은행 자료에 의하면 현금이나 요구불 예금인 본원통화 M1은 1,264조 정도, 2년 미만 예적금처럼 잠시 대기하고 있는 자금들은 3,379조 규모였다. 도합 4,643조이다. 우리나라 올해 예산규모가 558조라고 하니 정말 어마무시한 돈이 대기하고 있다. 이 돈이 부동산에 몰리면 부동산 가격이 오를 것이고 증권으로 가면 주식이 오를 것이다. 한 눈에 봐도 모든 게 오를 수 밖에 없는 구조이다. 지금 이 돈들은 호시탐탐 투자의 출구를 찾고 있는 것 같다. 그러면 경제가 어떻게 진행되는 게 바람직할까? 돈이 부족한 곳에 돈이 흘러가면 많은 문제가 해결될 것 같다.

　　중학교 화학시간에 삼투압을 배운 적이 있다. 삼투막인 셀로판지를 중간에 두고 왼쪽엔 소금물, 오른쪽엔 맹물을 두고 시간이 지나면 양쪽 모두 덜 짠 소금물이 되어 있었다. 경제도 그럴 것 같다. 돈이 많이 모인 곳이 소금물이라면 없는 곳이 맹물인 셈이다. 여기서 둘 사이의 막이 중요하다. 앞으로 대한민국의 경제가 살려면 내부에서 농도 진한 소금물로 남아서는 경제불안이 더욱 가중될 것 같다. 그래서 외부로 흘러가야 한다. 수출이 되었건 투자가 되었건 그래야 내부의 경제가 안정될 것 같은데 이미 교역하고 있는 대부분의 국가들은 우리와 사정이 별반 다르지 않다. 그런데 유일한 예외 국가가 있는데 북한이다. 저 나라는 지금 삼투막이 아니라 아예 유리막을 치고 있어서 이곳의 짠물이 흘러 들어갈 여지가 없다. 만일 저 막이 자유로운 교역이 가능한 삼투막 정도로 바뀐다면 저 곳의 풍부한 자원, 개발여지가 많은 국토 등을 볼때 우리의 자본이 들어갈 여지가 많아 보인다. 이것이 대한민국의 미래 비전이라는 생각이 든다. 우리의 경제불안은 남북교역에서 돌파구를 찾아야 할 것 같다. 그런 면에서 최근 남과 북 연락선이 복원되었다는 건 반가운 소식이다. 이번 기회로 양 국가가 서로 잘 되었으면 좋겠다.

한일관계가 잘 풀리길

올림픽 기간이다. 별 실감은 안 나지만 분명 올림픽 기간이다. 관중 없는 올림픽이라 선수들이 있는 현장에서는 조용하겠지만 그래도 중계를 보는 사람들의 응원은 선수들을 따라다닌다. 이번 도쿄 올림픽을 보면 일본이 안쓰럽다는 마음도 있다. 정말 국운이라는 게 있는 건지 일본은 2011년 동일본 대지진 이후 하는 것 마다 꼬여간다는 느낌이 든다. 그나마 올림픽을 통해 반전의 기회로 삼으려 했으나 코로나로 상황이 이리 되리라 상상이나 했을까? 한일관계가 경색된 지 꽤 오랜 시간이 흘렀지만 쉽게 풀릴 것 같지 않다. 개인적으로는 올림픽을 계기로 꼬였던 실타래가 풀리길 바랬는데 갈등만 더 깊어진 것 같다. 동북아에서 그나마 자유와 민주주의를 표방하는 자본주의의 두 국가가 한국과 일본이다. 과거에 묶여 한 발짝도 못 나간다면 서로에게 득이 될 건 없다고 본다.

나는 일본을 가 본적이 없다. 해외 여행을 꽤 다녔는데 이상하게 일본을 갈 기회는 없었다. 하지만 대학시절 큰 영향을 주었던 책이 가또 다이조 교수의 '지적인 인생설계'라는 책이었고, 군입대 전 여유가 생겨 일본어를 집중적으로 배운 적도 있어 일본어가 그리 낯설지도 않다. 일본 자체에 대한 순순한 호기심으로 '국화와 칼', '축소지향의 일본인', '나는 일본문화가 재미있다' 등을 통해 일본의 심층을 간접적으로 알아 본 적도 있었다. 지극히 나의 생각이지만 지금 일본이 한국을 보는 마음엔 "옹"의 관점이 있는지도 모른다. "옹"이란 '은혜'라는 뜻인데 한 마디로 '너희들이 누구 때문에 그리 컸는데 은혜도 모르고'라는 마음을 가지고 있을지도 모른다. 그들의 입장에선 그리 볼 수도 있다. 조선을 근대화 시켜주었고 한국 전쟁 이후엔 우리의 산업화에 큰 기여를 했으니 말이다. 하지만 그 속에 우리의 희생이 컸던 것도 사실이다. 2차 대전 패망 후 일본을 살려낸 것이 한국 전쟁이었으니 한일 양국의 관계는 한 쪽의 불행이 다른 한 쪽의 기회가 되는 관계였던 것 같다.

그럼에도 양국은 과거를 딛고 미래지향적으로 나가야 할 관계이다. 정치인들의 프레임에 갇히지 말고 민간 교류부터 확대시켜야 할 것 같다. 이번 올림픽은 좋은 계기라 여겼는데 아쉬움이 있다. 한편으로 드는 생각은 내부의 여러 상황들에 불만 가득한 일본 국민들에게 정치권이 한국을 공격 대상으로 이용했나 싶기도 하다. 아무튼 지금 일본은 지구인의 축제라는 올림픽을 참 어려운 가운데 치르고 있다. 전대미문의 코로나로 서로가 힘든데 이웃나라끼리 불편함까지 보태는 건 아닌 것 같다.

양궁 단체전을 보고서

　세 명의 선수가 돌아가며 각자 한 발의 화살을 두 번에 걸쳐 쏜다. 5판 3승으로 결판이 나는 양궁 단체전의 세트 룰이다. 정 중앙에 맞으면 10점이고 주변으로 갈수록 9점, 8점으로 점수가 낮아진다. 이번 올림픽에서 남자 양궁은 단체전 금메달을 땄다. 영상으로 활시위를 떠나는 화살을 보니 중계로 보는 사람도 이렇게 마음을 졸이는데 정작 활을 쏘는 당사자는 얼마나 긴장 될까 싶다. 더구나 앞사람이 10점, 10점을 맞췄다면 마지막 사람의 부담은 상당할 것 같다. 상대팀인 대만에 초기 3세트를 내리 이겨 한 사람이 쏜 화살은 도합 6발이었다. 저들은 단 6발의 화살을 쏘기 위해 그 동안 얼마나 많은 화살을 쏘아야 했을까. 내가 만일 저 양궁 선수라면 금메달 결정 이후에 많이 허탈할 것 같다. 이게 뭐라고.

　양궁 단체전을 보며 의미에 대해 생각해 본다. 저 과녁의 중앙에 화살을 맞히는 것의 의미는 무엇일까? 11명의 선수들이 협력하여 운동장 건너편의 골대에 공을 넣는 의미는 또 무엇인가? 100미터라는 짧은 거리를 9초 만에 달렸다는 게 무슨 의미가 있는 걸까? 어쩌면 그 자체로는 아무런 의미가 없을지도 모른다. 다만, 사람들이 의미를 부여하니 의미가 생기는 것이다. 스포츠만 그럴까? 우리가 살아가며 경험하는 대부분의 것들이 그렇다. 어떤 이는 통장에 찍힌 숫자에 의미를 부여하거나 좀 더 높은 직위에 의미를 부여할 수도 있다. 또 어떤 이는 수석이라 하여 모양이 특이한 돌을 모으는 것에 의미를 두지만 다른 이는 건담 로봇이라는 프라모델에 의미를 둘 수도 있다. 이처럼 의미는 사람에 따라 다르고 한 사람에게 의미 있는 것이 다른 사람에게 같은 의미라고도 할 수는 없을 것 같다. 그렇다면 의미란 원래 있는 것이 아니라 내가 정한 믿음이고 허상일지도 모른다.

그럼에도 인간은 의미를 추구한다. 의미 없는 생활을 견디기 어려워한다. 심지어는 의미 때문에 자신의 귀한 생명까지 바치기도 하는 게 인간이다. 그렇다면 우리는 의미를 대하는 몇 가지 원칙을 세워야겠다. 첫째, 다른 사람들이 의미를 두는 보편적인 것들에서 너무 벗어나지는 말자. 사랑, 가족, 돈, 명예, 권력 등은 대부분의 사람들이 의미를 두는 가치들이다. 여기서 너무 벗어나면 사람 사이에 살기가 어렵다. 전부는 아닐지라도 어느 정도는 추구해야 할 가치들이다. 둘째, 다른 사람이 의미를 두는 것에 왈가왈부 하지 말자. 다를 뿐인데 그를 두고 의미가 있네 없네 할 것은 아니다. 다만, 나에게 피해가 없는 경우에 그렇다는 말이다. 나를 다른 사람이 추구하는 의미의 희생양으로 삼을 이유는 없다.

셋째, 이왕이면 좀 가치 있는 의미를 추구해 보자. 건담 프라모델도 개인에게는 의미가 있겠지만 같은 돈으로 죽어가는 사람을 살리는 의미는 가치가 좀 더 클 것이다. 꿈을 추구하는 것도 의미 있는 일이다. 얼마 전 주호민의 만화를 보다가 이런 문구에 시선이 잠시 머물렀다. "죽기 직전에 못 먹은 밥이 생각 나겠는가 아니면 못 이룬 꿈이 생각 나겠는가"

퇴근길에서 밀려나다

"획일화가 되면 가치판단의 기준은 정량화가 된다" 유현준 <공간의 미래>중에서

퇴근길 괜히 차를 가져왔다 싶었다. 최근 코로나 4단계 격상으로 부쩍 도로에 차가 많아지긴 했다. 4차선에서 3차선으로 바꾸어야 집으로 갈 수 있는데 늘어선 차들은 빈틈을 주지 않는다. 내 뒤를 따르던 차는 우회전 차선에서 머뭇거리지 말고 빨리 길을 내라고 빵빵거리고 있다. 그래 이것도 나의 길인가 보다며 집 방향과는 전혀 다른 광화문으로 가고 만다. 이왕지사 이 길로 들어섰으니 그냥 두어 시간 쉬어나 갈까 싶었다. 어느 건물 앞에 차를 세우고는 근처 카페로 들어갔다. 주변이 대부분 업무용 빌딩들이라 퇴근 무렵의 카페는 한산했다. 도로는 막히지만 한산한 빌딩 속 카페에서 온전히 나만의 시간을 가져본다. 꺼내든 책은 유현준의 <공간의 미래>였다. 하고 싶은 건축설계 일을 계속하기 위해 교수라는 직업을 가졌다는 사람이다. 설계 일은 그만큼 밥벌이가 안 되는가 보다. <알쓸신잡>으로 그의 인문적 성찰을 알고 있던 터라 별 거부감 없이 고른 책이었는데 역시 실망 시키지 않았다.

유려한 문체에 인문과 건축, 도시계획의 해박한 지식까지 이 시대의 지성으로 인정하고 싶은 사람이다. 몇 장을 넘기니 어느 한 구절에 시선이 멈춘다. "획일화가 되면 가치판단의 기준은 정량화가 된다." 건축을 전공한 사람이 어쩜 이토록 멋진 문장을 만들어 낼 수 있을까. 도시의 다양성을 강조하는 그의 주장에서 나온 한 마디였다.

생각해 보면 우리의 다양성은 획일화에 묻혀 숨 쉴 공간이 없긴 하다. 이 땅에 살고 있는 대부분의 사람들은 공유된 획일성에 암묵적인 압력을 받고 있다. 남자라면 입시준비를 거쳐 스무 살이 되면 대학에 가야 하고 2학년을 마치고는 군대에 간다. 복학 후 남은 2년의 준비과정을 거쳐 서른 살이 되기 전에 취업을 해야 한다. 이제부터 자동차를 사고 결혼 후 아이를 하나, 둘 낳을 즈음 내집 마련을 한다. 뭐 대략이런 그림이다. 하지만 최근 이런 획일성도 무너지고 있긴 하다. 대학의 숫자가 너무 많다 보니 대학을 나왔다는 것이 비교우위가 되지 못하고 취업 환경이 어렵다 보니 청년 백수가 넘쳐난다. 스스로 자립이 안되니 결혼 연령이 늦어지고 아예 결혼을 기피하는 비혼족도 늘어난다. 어렵사리 결혼을 했다 쳐도 딩크족이라 하여 아이를 갖지 않기도 하고 이혼율의 급등으로 돌싱의 가능성도 도사리고 있다. 직장은 상시적인 구조조정의 위험으로 언제 직장을 나와야 할지 모른다. 이제는 내가 원해서가 아니라 외부의 환경 때문에라도 다양성으로 갈 수 밖에 없는 것같다.

중산층의 일반적 거주 형태인 아파트의 구조는 지극히 단순하다. 아파트 이름만 다를 뿐 30평형대 아파트는 방3개, 거실과 화장실 구조로 이루어져 있다. 처음 방문하는 집이라도 대략 구조가 그려진다. 이런 거주형태의 획일성은 아파트 화폐를 만들어 낸다. 오직 어느 위치의 얼마짜리냐가 중요한 차이점이 될 뿐이다. 처음 서울에 왔을 때 목동 근처에다 집을 구하려고 중개사무소를 돌아 다닌 적이 있었다. 당시 어느 중개사무소의 목동 아파트 단지 설명을 듣고는 여기는 내가 살 곳이 아닌 것 같다는 생각을 했었는데 그 내용이 이러하다. 목동 아파트 단지는 주변부와 중심부로 나누는데 주변부는 낮은 평수, 중심부는 높은 평수로 구성된다. 주변부에 사는 사람들은 중심부에 들어가기 위해 기를 쓴다. 심지어 아이들 조차도 몇 단지에 사느냐로 어울리는 무리가 달라진다는 말에 가뜩이나 경쟁을 싫어하는 나로서는 질려버린 기억이 있다.

정해진 시간 퇴근길에 집으로 향했지만 차선 확보의 경쟁에서 밀려나 어느 카페에서 휴식을 취하는 내 모습도 하나의 다양성이란 생각이 든다. 모두가 서로 퇴근하느라 저토록 경쟁들을 하는데 먼저들 보내드리고 나는 좀 쉬어간들 어떠하리. 여덟 시쯤 카페를 나서니 도로는 막힘 없이 뻥 뚫려 있었다.

집수리 학교에 가다

　　그것은 참 우연한 계기였다. 마을버스를 타고 가는데 앞 좌석의 등받이에서 집 수리 학교의 개강을 알리는 광고를 보게 되었다. 평소 가졌던 생각 중 하나가 나는 주위의 생활시설에 참 무지하다는 것이었다. 전등만 해도 요즘은 대부분 LED등이다 보니 어떻게 교체해야 할지 모르고 수도꼭지나 샤워기 하나도 갈아 끼우지 못한다. 그런데 어느 곳도 이런 간단하지만 요긴한 기술을 알려주는 곳이 없었다. 만일 이런 학원을 하나 개설해서 실습을 겸한다면 시장에서 꽤나 먹힐 것 같다는 생각이 있었기에 버스 안의 그 광고가 눈에 확 들어왔던 것 같다. 하지만 아무리 좋은 강의라도 주중의 낮에 하는 강의라면 들을 수 없겠다 여겼는데 마침 주말 강의가 있다기에 얼른 신청을 했다.

　　드디어 첫 수업이었다. 강사는 오랜 기간 인테리어 사업을 했던 분이라는데 단순한 이론 강의가 아니라 실습 위주로 진행을 했다. 장갑도 작업의 성격에 따라 달리 착용해야 한다는 것과 나사못 하나도 나무에 박을 건지 샤시에 박을 건지에 따라 모양에 차이가 있었다. 첫 수업은 주로 공구에 대한 소개였는데 전동드릴과 쇠를 자르는 그라인더와

컷쇼, 벽을 뚫는 뿌레카, 곡선을 포함 판자를 원하는 형태로 자른다는 직소 등을 다루었다. 직접 불꽃을 튀겨가며 쇠를 자르고 전동드릴로 샷시에 못을 박다 보니 네 시간이 훌쩍 지나갔다. 그런데 이런 수업을 진행하는 '녹색지대 협동조합'이라는 곳을 궁금해 하니 수업 후에 남으면 안내해 주겠다고 한다.

강의를 진행했던 분은 조합의 이사장이었는데 설립 동기가 내 생각과 일치한다. 사람들이 너무도 간단한 작업인데도 스스로 하지 못해 업자를 불러 많은 돈을 지불하는 것 같아 집수리 학교 아이디어를 내었다고 했다. 작년 11월에 뜻을 같이 한 사람들은 10명이었는데 막상 출범을 하려 하니 4명이 포기하고 6명으로 시작하게 되었다고 한다. 집수리 강의는 조합 사업의 일부이고 현장에서 실제 집수리와 방역 일을 병행하는데 최근에는 구청에서 진행하는 저소득층 집수리 사업도 맡게 되어 일감은 많지만 협동조합의 특성상 직원이 따로 없고 조합원들이 직원 겸 주인들이라 일손이 부족한 상황이라고 했다. 들어보니 설립 6개월 만에 빠르게 자리잡아 가는 사업임을 알 것 같다. 젊은 이사장의 일에 대한 아이디어와 열정이 대단해 보여 점심이라도 하며 좀 더 듣고 싶다고 했더니 흔쾌히 응했다. 식사자리에서 앞으로의 계획과 비전을 듣다 보니 나도 조합에 가입해서 활동하고 싶어졌다. 집수리와 조합의 운영방식도 배우고 행정기관 공모사업에 기획안 작성 등의 서류작업도 하는 등 아직은 출범 초기인 조합의 사업이 재미있어 보인다.

축구를 좋아한다는 젊은 이사장의 마지막 말이 인상 깊다. "드리볼은 패스를 따르지 못하는 법이죠. 혼자서 아무리 드리볼을 잘 해도 선수들 간의 패스로 이어지는 공은 어느덧 골대 앞에 가 있듯이 저는 단독 드리볼을 하지 않고 조합원들과 함께 이 조합을 성공시킬 겁니다." 역시 인생은 도전하는 만큼 재미있는 법이다.

감사할 일이 참 많다

　　사회적 협동조합인 녹색지대의 8번째 조합원이 되었다. 저소득층의 집을 고쳐 주고 청소, 방역 등의 일을 하는 단체이다. 사회적 기업, 사회적 협동조합은 관(官)의 차원에서 해결하기 어려운 다양한 사회문제들을 민간의 힘을 빌어 해결하고 일정한 보수도 받는 단체이다. 봉사단체와 일반기업의 중간성격 정도로 보면 될 것 같다. 다만 엄연히 기업이다 보니 관(官)에서 주는 일만 하지 않고 스스로 자생적 기업활동을 병행한다. 지난 주 집수리 학교의 첫 강의에 참여 후 젊은 이사장으로부터 녹색지대 협동조합이 하는 일과 비전을 들었다. 상당한 공감이 되었고 그 분들과 뜻을 함께 하고 싶어 정식 조합원으로 등록을 했다. 조합원은 조합의 사업에 기여하는 만큼 정산을 받는 구조인데 그 기여란 것이 구청에서 지정하는 저소득층 집을 방문하여 집수리와 청소, 방역 등을 하는 일이다. 조합원으로 가입은 했지만 그 분들이 하는 일이 어떤 일인지 알고 싶어 주말 청소 일에 동참하기로 했다. 나중에 들어간 신입이 빨리 적응하는 방법으로 기존 사람들과 땀을 함께 흘리는 것만큼 좋은 것도 없다.

우리 집 청소나 하지라는 아내의 타박을 뒤로 하고 일요일 아침 집을 나섰다. 청소에 참여한 조합원은 이사장과 나를 포함 4명이었다. 장소는 할아버지 혼자 사시는 1인 노인가구로 북아현동 반 지하에 살고 계셨다. 현관문을 여니 방 하나, 거실 하나의 구조인데 사람이 이렇게도 사는구나 싶다. 안방은 곰팡이가 잔뜩 피어있고 냉장고에는 상한 음식들이 남아있다. 담배를 태우시는지 안방 문에는 누런 때가 잔뜩 끼어있다. 한 마디로 당황스럽다. 뭐부터 해야 할지 몰라 주춤거리고 있으니 이사장이 집 밖으로 들어낼 것들을 지정한다. 부피 나가고 무게 있는 것들을 일단 집 밖으로 들어내는 작업부터가 청소의 시작이란다. 그 사이에 두 분의 여성 조합원들은 방과 거실 겸 부엌 청소를 하고 있다. 안방과 화장실의 누런 때를 지우니 원래의 색이 드러난다. 싱크대 손잡이가 본래 까만 색인 줄 알았는데 그게 은색이 되어 가는 게 신기하다. 여성 분들이 마무리 하는 동안 이사장과 계단에 앉아 휴식을 취했다. 저소득층의 여러 집을 청소하러 다녀 본 그는 흥미로운 이야기를 들려준다. "잘 살다가 망한 집은 표가 나요. 일단 옷과 액자가 많더군요. 그 분들은 과거의 좋았던 시절에 대한 추억으로 살아가며 현실에서 도피하고 있죠." 충분히 그럴 수 있겠다 싶었다. "그 분들 집을 치울 때 힘든 일 중 하나가 버리는 것에 동의를 얻는 거죠. 한사코 버릴 수 없다는 거에요. 좁은 집에 물건들이 가득해 넘어질 것 같은데도 주인은 한사코 버리지 않겠다는 걸 보면 연민의 마음도 생기죠." 마무리 됐다는 연락을 받고 마지막 방역을 한다. 생전 처음 만져보는 방역기계로 여기 저기 소독하고서 독거노인의 집 청소를 마무리 했다.

평소 안 쓰던 근육을 사용한 때문인지 온 몸이 뻐근했다. 사람의 일은 모른다더니 집의 전등 하나 제 손으로 고치고 싶어 신청했던 집수리 기술학교가 나를 사회적 협동조합의 조합원으로 까지 이끌었다. 청소를 함께 했던 분들과 점심을 먹으며 앞으로의 내 역할에 대한 이야기를 나누었다. 이사장은 지난주 첫 만남에서 나의 은퇴가 머지 않았다는 얘기에 반가웠다고 한다. 현재 조합에는 사무와 기획 등의 흐름을 콘트롤 하고 관공서에 제출할 사업제안서 작성이나 회의 참석, 발표 등의 일이 꽤 많은데 그 일을 할 수 있어 보여서라고 했다. 헐, 생각도 못한 은퇴 후 일할 기회를 제안 받은 건가? 사회에 도움도 되면서 일한 만큼 소득도 생기는 사회적 기업의 일은 은퇴 후 하기에 매력적인 일이긴 하다. 집으로 오는 버스 안에서 크라스키노 포럼의 김 교수님으로부터 연락이 온다. 내부 회의를 거쳤는데 포럼 운영의 일정 역할을 부여하고 싶다는 제안이었다. 누가 은퇴 후에는 할 일이 없다고 했을까? 부족한 사람을 그리 쓰시겠다니 이 모두가 감사한 일들이다.

에너지는 발전의 씨앗

　깨어있는 동안 손에서 스마트폰이 떨어질 틈이 없다. 이건 거의 중독수준 아닌가 돌아보게 된다. 2007년도 아이폰이란 걸 처음 보았을 때를 기억한다. 당시 한국에는 국내 산업 보호를 위해 출시가 잠시 보류되었던 시기였을 게다. 호주에 사는 동생이 한국에 왔는데 아이폰을 가지고 왔었다. 휴대폰에서 화려한 게임을 포함 여러 가지 기능들이 돌아 가는 걸 보고는 신기했었다. 그 후 삼성전자를 비롯 국내 휴대폰 업체들이 스마트 폰 시대에 대처하는 준비를 어느 정도 갖추자 아이폰의 국내 출시를 허용했었다. 스마트 폰의 출현으로 2007년 이전과 이후는 한 시대의 분수령이 되는 것 같다. 그 전에도 휴대폰이 없진 않았으나 스마트폰의 출현으로 개인의 손바닥 안에서 각종 SNS와 GPS기반의 내비게이션, 구글, 아마존, 전자상거래 등 수많은 기능들이 가능해지면서 시대는 시공간을 뛰어넘는 강력한 개인의 시대로 넘어가게 되었다. 지금은 2021년이다. 2011년, 2001년처럼 10년 단위로 시대를 뒤로 감아 보면 지금의 발전 양상이 얼마나 가파른지 알게 된다.

　그러면 발전은 어떻게 시작하고 확장되는 것일까? 언제나 그 시작은 새로운 에너지원이었고 그 뒤를 이어 달라진 이동과 통신수단을 통해 확장되었다. 이전에는 어찌지 못했던 에너지원을 인간이 다루게 되면서 발전은 시작된다. 원시인이 다루었던 불이라는 에너지에서 출발해 끓인 물에서 증기에너지가 나왔다. 전기와 원자력 에너지도 그렇지만 운 좋게 인간이 자연에서 발견한 항력이라는 에너지도 있다. 미시의 양자역학이 발전하면서 오늘날 스마트폰도 출현한다. 사람들은 새로운 에너지원이 나타나면 그를 이용한 이동수단과 통신을 연구하게 되고 생활을 편리하게 할 여러 도구들을 고안하게 된다. 이 모두가 발전이라는 이름으로 지칭된다.

개인의 발전은 어떨까? 비슷한 단계를 밟는 것 같다. 우선 과거와 다른 에너지가 나타나야 한다. 인간이 태어나면서 지니는 기본 에너지는 본능이다. 여기에 학습이라는 활동을 통해 이성이라는 에너지가 나타나고 마지막으로 영성이라는 에너지까지 확장될 때 개인의 발전이 한 단계씩 도약한다고 봐야겠다. 그리고 그 에너지를 이용한 인간의 다양한 활동들이 펼쳐지는 것 같다. 인간은 미완으로 태어나 완성으로 나아가는 존재다. 발전이란 말을 사람에게 적용하면 성장이 될 터인데 단지 신체의 성장만이 아니라 지적 성장, 영적 성장까지 포함하는 개념이다. 나는 어디까지 성장할 것인가는 내가 어떤 에너지까지 활용할 수 있는가에 달려 있을 것이다.

동작그만의 효과

코로나 4단계 조치로 다소 우울한 주말이 되고 말았다. 조치의 내용을 한 마디로 요약하면 사람 만나지 말고 집 안에 있으라는 뜻이다. 출근도 안 하면 좋겠지만 그럴 수는 없으니 퇴근 후엔 바로 집으로 가라는 의미다. 한 가지 좋았던 것은 회사에 나와 있던 금융감독원 감사팀이 코로나 단계 격상으로 좀 일찍 철수했다는 정도일까? 아무튼 사회전체에 동작그만이 진행되고 있다.

동작그만이라는 말은 군에 있을 때 많이 듣던 말이었다. 어떤 것을 하고 있을 때 동작그만이라는 말이 떨어지면 일제히 모든 것을 중단하고 그 상태에서 멈춤의 상태가 되어야 한다. 해제라는 다음 말이 떨어질 때까지 현 상태를 유지해야 하는데 이게 보통 불편한 게 아니다. 그러면 동작그만을 지시한 사람이 할 수 있는 것은 무엇일까? 그는 모든 것이 정지한 가운데 자신만이 움직일 수 있는 특권을 가지며 주변을 찬찬히 둘러보는 시간의 지배자가 된다. 그런데 동작그만이라는 상태는 다른 효과도 있다. 그 동안 무심코 행하고 있던 내 행동을 멈춤의 상태에서 스스로 살펴보는 계기가 되기도 한다.

그런데 동작그만은 그 지속시간이 길어선 안 된다. 이게 길어지면 현재 멈춘 행동이 불편한 사람이 생겨나고 발가락이라도 꼼지락거리게 되어 동작그만은 서서히 효과가 떨어지기 시작한다. 자꾸 몸이 근질거리기도 하지만 근원적으로 동작그만이라고 지시한 사람에 대해 너는 누구냐라는 의구심과 반감을 가지게도 된다.

지금 한국은 코로나를 사회 봉쇄 없이 잘 막았다고는 하지만 단계별 격상으로 봉쇄조치가 점점 길어지고 있다는 생각이 든다. 이 현상이 지속되면 이제 사회 전체적으로 동작그만의 효과가 떨어지는 시점이 올 것이다. 구성원들은 이래서는 못 살겠다며 뛰쳐나올 것이고, 동작그만이라 명령한 정권에 대해 다른 의도가 있는 것 아니냐며 의구심을 품을 수도 있다. 그리고 내년도 정권을 바꾸고자 하는 야당에서는 이 상황을 자신들에게 좀 더 유리한 방향으로 몰고 갈 여지도 있다. 설마라고 하겠지만 대선을 앞둔 시점이라 정치적으로 혼란한 상황이 연출될 가능성도 없지 않다. 동작그만이 효과를 보려면 그 멈춤의 시간이 짧아야 한다. 금번 전 국민 백신접종으로 그 해제의 시기가 앞당겨지길 바랄 뿐이다.

좀 재미있게 살아볼까

'크라스키노 포럼'을 소개함

    서울–모스크바 상호결연 30주년 '모스크바 영화제', 안톤 체홉 독서회 진행, 러시아 인문강좌, 연해주 크라스키노 현지 방문 정책포럼 개최, 한–러 송년음악회 개최 등. 얼핏 보면 어느 국가기관에서 진행할 법한 사업들이다. 하지만 이들은 '크라스키노 포럼' 이라는 민간 단체에서 진행하는 사업들이다. 수년 전 한국의 대륙진출을 꿈꾼다는 희망레일 주관의 대륙학교 과정을 수료한 적이 있었다. 당시는 블라디보스톡 배낭여행을 다녀온 지 얼마 안 되어 대륙에 대한 여운이 남아있던 시기였다. 대륙학교의 커리큘럼은 주로 한반도 통일과 대륙에 관한 콘텐츠로 이루어졌는데 그 중에도 대륙과 러시아에 깊은 전문성을 가진 성공회대 김창진 교수의 강의에 강한 인상을 받았었다. 그 후 그 분이 뜻을 함께 한 인사들과 포럼을 연다는 연락을 받고는 내친 김에 창립멤버로 동참을 하게 되었다.

    크라스키노는 러시아의 변방으로 중국, 북한의 접경지대이다. 전망대에 올라서면 중국 훈춘과 북한 나진으로 들어가는 갈래길이 보이는 곳이다. 김창진 교수는 그 곳 지명을 딴 포럼을 만들어 장차 스위

스의 다보스 포럼처럼 동북아의 평화와 번영을 위한 국제적 포럼으로 키운다는 큰 그림을 그리고 계셨다. '포럼'이란 원래 광장에서 대중이 함께 하는 토의를 뜻하지만 뜻을 함께 한 사람들의 구속력 약한 모임이기도 하다. 하지만 그것이 지속되기 위해서는 집행부의 상당한 헌신이 있어야 하는데 그 핵심에 김교수가 계셨다. 그 분은 대학시절을 학생운동으로 보내고 같은 운동권 출신들이 정계로 진출할 때 모스크바 유학을 떠났던 현실 참여형 학자셨다.

뜻이 있는 곳에 길이 있다는 말이 있다. 인생 3막을 '글쓰기와 대륙'이라는 컨셉을 잡은 나에게는 '크라스키노 포럼'이 중요한 역할을 할 것 같다. 여기서 만난 여러 북방관련 인사들을 통해 그 동안 한반도에 갇혀 지내던 나의 시야가 확장되는 느낌도 받는다. 보통의 직장인들은 은퇴를 앞둔 시점에 여러 가지 복잡한 심정일 테지만 나는 이런저런 이유로 설렘이 더 크다. 지금의 내 나이는 50대 중반이다. 앞으로 왕성하게 활동할 시간은 인생에서 그리 길지 않을 것이다. 이제는 어떤 형태로든 사회 활동가로 움직이기에 적합한 시기가 된 것 같다. 오랜 기간 몸담은 직장에서는 곧 물러날 사람이지만 전혀 새로운 영역에서 풋풋한 새내기로 활동할 마음을 내어본다.

감동할 수 있는 능력

　　같은 말이라도 누가 하느냐에 따라 그 말의 무게는 달라진다. '너 자신을 알라'는 말을 인공지능이 했다고 치자. 학자들이나 일반인들이 이 말을 인용하면서 출처를 '인공지능 알파고'라고 한다면 우리는 어떤 느낌이 들 것인가. 전 세계 빅 데이터를 수집하고 딥 러닝 이라는 기술로 데이터를 순식간에 처리하는 능력을 갖춘 인공지능이기에 어떤 면에서는 인간보다 뛰어난 면도 있을 것이다. 하지만 인공지능이 '너 자신을 알라'고 했을 때 별 감흥이 안 생기는 것은 그것이 인간에 대한 깊은 사유의 결과라기 보다는 여러 데이터 속에서 찾아낸 정보에 불과함을 알기 때문이다.

　　이제 인공지능과 인간의 능력 겨루기 같은 게임은 의미가 없다. 결과가 이미 나왔기 때문이다. 인간은 인공지능의 데이터 처리 능력을 도저히 따라 갈 수 없다. 내가 이길 수 없는 영역에서 경쟁을 한다는 건 확고한 어떤 이유가 없는 한 어리석은 짓이다. 이제 우리는 감성과 감동의 영역으로 눈을 돌려야 한다. 문학과 예술을 이야기 하고 아름다운 대상을 보며 감동 할 수 있어야 한다. 이것이 인공지능이 따라 올 수 없는 인간의 영역이라고 봐야 한다.

　　어쩌면 지금의 시대는 인류 역사상 가장 여유롭고 풍요로운 시대일지도 모른다. 배분의 문제이지 먹거리가 부족한 것도 아니다. 보이지 않는 바이러스가 전 인류를 덮쳐도 1년 안에 백신을 만들어 내는 의학기술도 가지고 있다. 나노공학이라고 육안으로 보이지 않는 영역에서 적용될 기술을 개발하기도 한다. 그럼에도 이런 것들은 신기하다는 정도이지 감동스럽지는 않은 것이다. 오히려 거친 숨결을 몰아 쉬며 산을 오르다가 바위 틈에서 보게 되는 한 포기 들꽃이 더 감동스러울지도 모른다. 이렇듯 신기하다는 것과 감동스럽다는 것은 분명 다른 영역이다.

　　'내가 못 갚은 닭 한 마리 빚을 갚아주게'라는 말을 일상에서 들었다면 그런가 보다 하겠지만 당장 마셔야 할 독배를 손에 든 소크라테스가 마지막으로 남긴 말이라고 하면 달리 느껴진다. 사이코패스가 무서운 이유는 정서적인 공감능력이 부족하기 때문이다. 그리 보면 인공지능은 사이코패스의 끝판왕일지도 모른다. 그동안 우리는 너무도 논리적이고 이성적인 분야에만 힘을 쏟았고 그런 사람들이 세상의 부와 권력을 누릴 수 있었다. 이제는 인간의 감정마저 뇌에서 일어나는 신경의 작용으로 보고 분석하는 작업까지 하고 있다. 마음이란 뇌 속에 있고 사랑이란 호르몬의 작용이라고 정의하는 세상을 살아가는 건 왠지 재미 없어 보인다.

그런데 감동하는 것도 연습이 좀 필요하다. 정서적 영역인 감동에 연습이 뭐가 필요하냐고 하겠지만 좋은 것을 경험하지 못한 사람은 무엇이 좋은지 알지 못한다. 그래서 자주 접하고 느끼는 연습이 필요하다. 그리고 그 감동을 다른 사람과 공유할 수 있는 예술가의 표현 감성이 필요하다. 글과 사진, 그림과 음악 등 어떤 것이든 좋다. 그것이 미래사회 인간의 경쟁력이다. 인공지능은 감동하지 못한다. 오늘 내가 무언가에 감동이 느껴진다면 미래에도 통용될 수 있는 능력을 갖춘 것이 된다.

코로나가 더 지속된다면

백신을 맞으면 코로나 상황이 끝난다는 희망을 가지는데 이번에는 델타변이 바이러스라는 것이 나타나 전 세계를 긴장시키고 있다. 앞으로 가을쯤 새로운 코로나 지배종이 될 거라는 전망도 나오는 걸 보면 전파속도가 예사롭지 않은 것 같다. 모든 전망은 최악의 상황을 가정하는 게 좋다. 이 코로나 팬데믹 상황이 다시 한 번 이어진다면 앞으로 어떤 상황이 전개될 것인가? 이미 지난 일년 사이에 일어난 변화로도 현기증이 날 수준인데 이 상황을 다시 또 겪어야 한다니 생각조차 하기 싫을 것이다. 한편으로는 하찮은 바이러스 조차도 소멸될 위기에 처하면 스스로를 바꾸어 새로운 환경에 적응하는 걸 보면 새삼 생명의 끈질김을 느끼게 된다. 다시 코로나 상황이 이어간다는 전제를 깔고 세상을 전망해 본다.

첫째, 온라인은 오프라인을 더욱 더 대체해 갈 것이다.

그것이 학습이건 쇼핑이건 온라인의 확대는 이제 보편적인 일상이 되어 갈 것 같다. 여기서 이 환경에 익숙하지 않은 계층의 소외가

좀 재미있게 살아볼까

나타날지도 모른다. 주로 노인층이나 저소득층이 될 것 같다.

둘째, 폭동 내지 폭력의 가능성도 있어 보인다.

이래 죽으나 저래 죽으나 마찬가지라는 사람들이 최종 선택하는 것이 타인에 대한 분노표출이다. 지난 일년의 코로나 사태는 많은 자영업자들과 중소기업 근무자들을 벼랑 끝으로 내몰았고 그들은 지금 사회의 불안 계층이 되어 있다. 이들이 얼마나 더 인내를 할 수 있을지 모를 일이다. 역사 이래 민중의 폭동은 혁명이라는 이름으로 역사를 바꾸었는데 이때 나타난 것이 강력한 지도자 상이다. 어쩌면 내년 대선을 앞두고 지지도 선두를 달리는 인물들이 대부분 저돌적인 성향들인 걸 보면 지금 우리의 정서도 상당히 거기에 근접해 있다는 생각이 든다.

셋째, 기본소득이 점점 더 보편화 될 것 같다.

2년 가까이 소득 없는 생활을 이어간다면 버텨낼 가정이 얼마나 될 것인가. 정부는 국민들의 소득보장을 어떡하든 만들어 내야 하는 과제를 떠안게 될 것 같다. 그게 돈을 더 찍어 내든 세금을 더 걷든 정부의 역할은 국민의 소득 안정이 최우선 과제가 될 것이다.

넷째, 화폐보다 실물자산이 선호될 것 같다.

인플레이션의 가능성도 높아 보이고 천문학적으로 찍어낸 화폐에 대한 믿음이 줄어 들어 부동산 같은 실물자산이 선호될 전망이다. 앞으로 가격이 더 오르면 올랐지 떨어질 것 같지는 않다.

다섯째, 사회 권력에 변화가 일어난다.

이번에 보수 야당에서 일어난 이준석 현상이라는 것을 보며 기존의 공고했던 권력 질서가 무너짐을 보게 된다. 만일 이 상황이 더 번져 간다면 기득권의 위기로 사회적 갈등이 표면화 될 전망이다. 이준석 현상은 코로나 상황이었기에 가능했던 반전이었기에 향후 전개 상황이 사뭇 흥미로운 대목이다.

여기까지는 코로나 환경이 더 지속된다는 가정에 대한 환경변화의 예측이었고 개인들은 어떻게 대처할 것인가? 지난 일년을 통해 보듯 적어도 대한민국에서 유통 대란 같은 것은 없었다. 발달한 온라인 인프라 때문이다. 지금까지 오프라인에서 하는 활동에 익숙했다면 이제는 온라인이라는 환경에 들어가야 한다. 얼마 전 딸아이가 기말시험을 치르고 온라인으로 종강파티를 하는 모습을 보았다. 카메라 앞에서 머리에 재미난 머리띠를 하고는 몇 시간 동안 제 방에서 깔깔대는 것을 보고는 파티도 저렇게 할 수 있다는 사실이 신기했다. 이제는 온라인을 모르면 살기 어려운 시대가 되어가니 모르면 배워야 한다.

그리고 너무 조급해서는 안 되겠다. 코로나 상황은 언제까지 이어질지 모를 장기전이다. 조급증을 가지면 그만큼 힘들어 진다. 마스크를 일상화 하되 동네 여행이라도 하며 반경을 유지하는 게 좋겠다. 좋은 점도 있는데 온라인으로는 공간 제약이 없으니 오히려 활동반경이 넓어졌다.

개인적으로는 콘텐츠에 대한 가능성을 보고 있다. 그것이 창작이 되었건 유통이 되었건 온라인이 보편화 될 수록 콘텐츠의 미래는 밝을 것 같다. 시기도 나에게는 적합한 것 같은데 콘텐츠에 대한 이것저것 공부 의 범위를 확대 중이다. 모든 사람들이 힘들다고 아우성치는 지금이 새로운 시작을 하기에 적당한 시기일지도 모른다. 리스크를 최소화하면서 개인의 기회를 탐색하는 시간이 필요하다.

내가 원했던 게 케잌일까?

대체 이 가게의 정체가 뭘까?

내가 MUJI(무지)라는 상점을 처음 봤을 때의 느낌이었다. 매장의 크기도 제법 크고 인테리어도 통일된 색상의 은은한 느낌이 들지만 매장의 분위기는 그냥 좀 큰 가정집에 놀러 온 느낌이었다. 침대가 있고 욕실용품이 보이고 가전제품도 있었다. 왜 이들 제품들이 한 곳에 있는지 이상했고 그들 제품에 상표를 발견할 수 없는 게 특이했다. 이 상점은 왜 이런 컨셉을 가지게 된 것일까 궁금했다.

ABC마트라는 곳을 처음 갔을 때도 그랬다. 이 곳에는 모든 메이커의 신발들을 팔고 있었다. 나이키, 아디다스, 리복 등의 상표를 보면 각자의 매장에 있을 법 한데 이 모든 제품들이 한 공간에서 팔리고 있는 게 이상했다. 한 가지 브랜드만 있던 기존의 매장에 비해 신선하다는 느낌도 있었지만 정말 같은 제품일까라는 의구심도 들었다.

라이프스타일을 판다는 비즈니스 모델을 본다. 대체 무엇을 판다는 건지 감을 잡지 못하겠다. 어느 출판사는 라이프스타일 중 벼룩시장을 판다고 한다. 벼룩시장이란 게 팔 수 있는 대상인지 모르겠지만 책보다도 한시적으로 시장을 개설하고 입점하는 업자들로부터 임대료를 받고 그 시장을 단일한 컨셉으로 관리하는 비즈니스라고 한다. 거기서 얻는 수익이 출판 수익보다 많다 보니 비록 업은 출판사지만 벼룩시장을 판다고 했다.

상업이라는 행위가 시대가 바뀌면서 정말 다양하게 변모하고 있다. 상업의 본질은 내가 제공할 수 있는 것을 제공하고 이익을 얻고자 하는 데 있다. 그러기 위해서는 내가 제공할 수 있는 것이 있어야 한다. 어떤 물건을 만들었다거나 내가 노동을 제공한다거나 아니면 주택을 소유하고 있어 방을 임대한다거나 아무튼 시장에 내놓을 수 있는 무언가가 있어야 성립한다. 그 가치는 시장의 수요와 공급에 의해 결정되겠지만 때로는 정말 저걸 구입하네 싶은 물건들도 있다. 스타워즈의 캐릭터나 건담 모델을 구입하는 어른들이 있다. 키덜트라는 이름으로 매니아 군이 형성되어 있는 것 같다. 요즘 아이돌은 철저한 마케팅의 산물이다. 예전에는 어느 가수가 떴다 하면 한 동안 방송 여기저기에 보이다가 어느 날 다른 신인의 인기에 밀려 조용히 사라지는 것이 일반적이었다. 하지만 지금은 기간을 정해 활동하고 사라지고 다시 컴백하기를 반복한다. 노래만 파는 것도 아니다. 굿즈라 하여 아이돌 사진이 들어있는 잡다한 물건들을 파는데 내가 보기엔 저걸 왜 돈 주고 사는지 이해가 안 된다.

　서점의 컨셉도 많이 바뀌어 간다. 이제 서점은 책을 팔기 위해 책 아닌 것들로 채워간다. 분위기 자체가 고급 카페 같기도 하고 문구점이나 음반사, 전자제품 매장 같기도 하다. 그래서 정작 내가 찾는 책은 없고 신간 위주로 서점 공간을 가득 채워 방문객들에게 그냥 이 책을 읽으라는 무언의 강요를 하는 것 같다. 이런 컨셉은 일본의 츠타야 서점이 시작이라고 한다. 온라인으로 상거래가 넘어가는 이 시대는 기존 오프라인의 강자들이 어떡하든 사람을 불러 모으고 최대한 오래 머물게 하는 마케팅 전략을 가져가는 것 같다.

　전동드릴을 구입하는 사람이 정말 원하는 것은 드릴이 아니라 구멍이라는 이야기가 있다. 이제 무언가를 팔고자 하는 사람은 사는 사람의 숨겨진 마음을 잡아야 한다. 우리는 빵집에서 케잌을 구입하는 게 아니라 케잌을 중심으로 둘러 앉은 가족들의 사랑을 원하는지도 모른다. 어쩌면 우리가 진정 원하는 것들은 눈에 보이지 않는 데 있을 수도 있다.

좀 재미있게 살아볼까